a fenda da lagoa
lili buarque

audiolivro

em libras

cacha
lote

Este projeto foi realizado com recursos da Lei Paulo Gustavo (Lei Complementar n. 195/2022), do Governo Federal, operacionalizados pela Prefeitura de Maceió, através da Secretaria de Cultura e Economia Criativa de Maceió, e pelo Governo de Alagoas, através da Secretaria de Cultura e Economia Criativa do Estado de Alagoas.

a fenda da lagoa
lili buarque

Para meus avós
Magnólia, Ronaldo, Dirlene e Dirceu
Para Florinha

prelúdio	9
antes da fenda	13

1.	meu pinheiro	15
2.	três de março de 2018	17
3.	fogueira de são joão	19
4.	plié	21
5.	ei, você aí	23
6.	florestinha	25
7.	trinta pães	27
8.	foi um anjo	29
9.	meu nome na rádio	33
10.	a chuva que caía do céu e caía de nós	37
11.	era discada	41
12.	cartório do bebedouro	45
13.	entre zigue-zagues e ruas estreitas	51
14.	lá em cima	55

15.	a cidade da fofoca	59
16.	zé luiz	63
17.	mascarada	65
18.	caça-níqueis	69
19.	sou daqui	73
20.	quartinho dos fundos	75
21.	bolacha sete capas e danoninho	79
22.	acampamento no terreno baldio	83
23.	água no feijão	87
24.	baratinhas	89
25.	bolo solado	93
26.	sobre atrasos e bodes	95
27.	orelhão de fichas	99
28.	de amoras e carambolas	103
29.	mãe de leite	107
30.	não teve mais nada	111

prelúdio

O maior crime socioambiental em andamento do mundo. Nunca imaginei que eu pudesse estar envolvida em qualquer "maior coisa do mundo". Nunca sequer imaginei que minha cidade, do tamanho que tem dentro do nosso gigantesco país, pudesse estar envolvida em qualquer "maior coisa do mundo". Mas aqui estamos. Ainda em andamento.
No dia 3 de março de 2018 o chão tremeu em Maceió. Estava no bairro do Pinheiro, na casa do meu avô, nesse dia. O chão tremeu e não fazíamos ideia do que se tratava. As primeiras notícias chegaram poucas horas após o tremor. Falavam de um terremoto de 2,5 na escala Richter. Falavam de uma explosão de um duto de gás natural.
Apenas em 2019, um ano depois, veio a informação de que se tratava de um afundamento do solo ocasionado pela extração de sal-gema em cavernas abertas pela Braskem. A essa altura, diversas casas tinham suas paredes rachadas, buracos enormes começaram a surgir na rua e não havia mais segurança em algumas áreas. As pessoas começaram ali a evacuar o espaço. Evacuar. Suas casas. Por ordem da Defesa Civil.
O Pinheiro não era um bairro rico, mas talvez em algum momento tenha sido. Havia casas enormes em terrenos enormes. Famílias enormes morando nessas casas há 30, 40, 50 anos. Algumas eram ricas e deixaram de ser com o passar dos anos. Mas o patrimônio

se mantinha intacto. Uma casa própria, grande e confortável. Para passar o resto da vida. Acreditava-se nisso até a lagoa Mundaú criar novas veias.

O Pinheiro, assim como os outros cinco bairros atingidos pelo afundamento do solo, margeava a lagoa Mundaú. São 35 minas — ou cavernas — embaixo do solo desses seis bairros. Trinta e cinco.

Depois de retirar toda a sal-gema de uma das cavernas, a Braskem seguia para outra. Deixando o buraco anterior aberto. Aberto. Com casas e pistas e praças e prédios sendo construídos na superfície.

Ao longo dos anos, cada uma dessas cavernas foi cedendo um pouco. E a lagoa Mundaú subindo. Centímetro por centímetro. Até que movimentos mais bruscos aconteceram. O tremor de terra de março de 2018 fez com que o que demorava anos para ceder desmoronasse mais rapidamente.

Há estudos datados de 1985 que já anunciavam os riscos da extração de sal-gema pela petroquímica em região tão próxima à lagoa. Mas o dinheiro segue falando mais alto. Não houve fiscalização pelo Estado. Não houve impedimento à concessão de licenças ambientais. E não houve a necessária responsabilização criminal da empresa.

Estima-se que cerca de 200 mil pessoas foram afetadas pelo crime. Famílias perderam suas casas. Inclusive a minha. Comerciantes perderam seus negócios, seu sustento. Inclusive o meu pai.

A Braskem até hoje, seis anos depois, nega relação com o ocorrido. Apesar de aceitar arcar com o pagamento de indenizações — a maioria delas injusta — aos moradores e comerciantes da região. E de ficar com a propriedade da área. Isso mesmo. A Braskem hoje é a proprietária de seis bairros de Maceió.

Toda a área de risco já evacuada foi comprada pela empresa. Como se histórias pudessem ser vendidas. Como se memórias pudessem ser compradas. Como se vidas pudessem ser adquiridas por preços abaixo do valor de mercado. Como se o abalo psicológico e emocional pudesse ser financeiramente compensado.

Passar no Pinheiro hoje causa uma dor profunda. E nem precisa ter vivido por ali para sentir essa agonia. Uma cena de filme de guerra. Ruas, praças, terrenos, comércios, casas e prédios vazios. Ninguém além de animais abandonados e seguranças circulando em motos habita mais aquela região. Passei por ali algumas vezes depois do ocorrido.

A primeira delas com meu pai, depois da evacuação de boa parte das famílias na região mais próxima à lagoa Mundaú. As casas e prédios sem telhado, sem porta, sem janelas. Tijolos fechando os portões. Ruas interditadas pelo tamanho dos buracos.

A segunda vez que passei pelo Pinheiro depois do crime já havia um descampado imenso. Um conjunto de prédios baixos onde morei com meus pais logo que nasci havia virado pó. Demolidos um a um. Escombros retirados. Um vazio no coração do bairro.

A última vez que ali estive foi pouco antes da demolição da padaria do meu pai. Queria vê-la de pé mais uma vez. Quarenta anos de história. Uma casa no andar de cima. O sustento dos meus avós, dos meus tios, dos meus pais e o meu sustento por muito tempo. Virou pó. Uma fenda nos nossos corações.

antes da fenda

Antes de haver uma fenda havia ruas de barro, terrenos baldios, bicicletas, postes e fios, fogueiras, cheiro de pão recém-saído do forno.
Algumas histórias são minhas, outras não. Ou são também minhas, já que, de algum modo, o que vi e ouvi fazem parte igualmente do que sou.
A palavra sempre me acompanhou, de pequena, no Pinheiro, até adulta em São Paulo. É como se a minha forma silenciosa de agir causasse ebulição da fala, que evapora em texto. Escrevo porque ouço, porque vejo, porque vivo e porque quero voltar naquele sentimento de outro momento.
Vivi uma infância muito bonita no bairro do Pinheiro. Tive a sorte de conviver ali com meus quatro avós, dois bisavós, pais, irmãos, tios e primos.
A perda brusca de um bairro apaga referências, apaga a memória, causa uma lacuna na cronologia de tanta gente.
Preferi escrever em vez de apagar qualquer coisa.
E por isso este livro.
Para, de algum modo, tornar perene o que foi vivido ali.
E para lembrar que antes de haver uma fenda havia ruas de barro, terrenos baldios, bicicletas, postes e fios, fogueiras, cheiro de pão recém-saído do forno.

1. meu pinheiro

Certa vez andava de carro com meu pai, ainda pequena, vendo apenas o céu por não alcançar muito bem a janela. Atentei pela primeira vez para os pássaros e notei também muitas linhas. Tempos depois viria a saber que eram uns fios elétricos horrendos e que, passados 30 anos deste dia, permaneciam ali como se fossem a solução mais eficiente do mundo.
Eu via a mesma cena todos os dias.
Na rota da casa dos meus avós para o colégio.
Na rota do colégio para a padaria.
Na rota da padaria para a casa dos meus avós.
Algo me intrigava naqueles fios. Os pássaros pousavam ali como se fosse confortável. Não era lasso? Bambo? Como se equilibravam?
Eu só conseguia ver aquilo ali no passear do carro. E se chegasse a ver algo mais, ignorava.
Me intrigaram os fios entrelaçados, tão emaranhados quanto meu cabelo ao acordar.
Será que algum dia iriam penteá-los?
Eu contava os postes, contava os pássaros. Mas os fios não. Eram inúmeros. Incontáveis.
Passados 30 anos desse, voltei a fazer a rota. Desta vez da casa dos meus avós para a padaria. E agora eu alcançava bem a janela. Eu podia ver tudo. Estava tudo à minha frente.
Mas eu não via nada.
Aliás, eu via a rota. De fuga.
Rota de fuga era o que diziam as placas.

Não tinha mais a casa dos meus avós. Não tinha mais a padaria. Os edifícios sumiram. As pessoas sumiram. Derrubaram tudo. Assim como derrubaram sobre a minha família o peso frio da impotência.

Restaram os postes. Os pássaros também, alguns.

Os fios aos montes permaneciam. E seguiam ainda mais despenteados. Eram inúmeros. Incontáveis.

Assim como eram as lágrimas que vi cair do rosto do meu pai.

2. três de março de 2018

Naquele 3 de março, estava com meu avô.
Sentados no sofá da sala estreita, com a TV em um volume muito acima do necessário.
Ele assistindo a novela, eu tentando conversar enquanto acarinhava suas costas magrinhas.
Um dia depois dele completar 83 anos. Firme.
Há algumas coisas materiais que meu avô nunca abriu mão de preservar. Um relógio antigo, destes de pêndulo marcando os segundos, e que de hora em hora bate um sino alto. O som dele é algo que nunca esqueci.
De hora em hora, durante os dez anos que vivi com meus avós, não daria mesmo para esquecer.
Ele guardava também um espelho oval com moldura trabalhada, esculpida em madeira. Todo preto. Ficava no corredor da casa de grade e muro baixo. Ficava na sala do apartamento apertado.
Naquele 3 de março algo mudou em nós e em muita gente. Sentimos um frio na barriga e algo tremer. O espelho se deslocava da parede, para frente e para trás. Meu avô se remexeu no sofá e nos olhamos amedrontados. Ele achou que fosse a labirintite.
É o prédio, um de nós gritou.
Minha prima foi a primeira a correr. Não vá de elevador, vá de escada.
Segurei o braço do meu avô e descemos juntos, no ritmo possível, aqueles cinco andares enquanto diversas

pessoas nos ultrapassavam assustadas, perguntando se sabíamos do que se tratava.

Eram quatro blocos de prédios, e, no térreo, centenas de pessoas.

Eu, meu avô e minha prima saímos do condomínio, afinal, se o prédio vai desabar, embaixo dele não parece seguro.

Na rua nos demos conta. Não era o prédio. O chão tremeu.

Um terremoto em Maceió?

Liguei para o meu pai. A padaria ficava a poucos metros dali. Ele também havia sentido. O chão tremeu por lá também.

O chão tremeu e todos nós sentimos. Meus irmãos em casa. Meu pai na padaria. Minha mãe no trabalho. Eu na casa do meu avô. Estávamos juntos, por acaso, naquele dia que algo mudou em nós. E mudou em muita gente.

3. fogueira de são joão

A cadeira do meu avô não era de balanço.
Ele já balançava bastante sozinho.
Fazia questão de ter uma fogueira grande na porta de casa.
Eu me lembro quando a Belo Horizonte foi asfaltada e migramos a fogueira para a rua de trás.
O São João era sempre importante. Era meu aniversário.
Minha avó costurava minhas roupas. Eu era sempre a noiva.
E sempre casava com um dos meus primos.
Até achei que casaria de verdade com alguns deles. Mas deu tudo certo.
Acho que casei demais no São João. Por que eu nunca fui a rainha do milho?
Assei muitos milhos com meu pai e meu avô. Os olhos ardiam bastante com o calor do fogo.
Mas o gosto de brasa e o torradinho do milho compensavam qualquer desconforto.
Meu avô já não aguentava mais montar a fogueira sozinho.
Ajudei a montar muitas fogueiras com ele.
A maior delas segue queimando.

4. plié

É difícil acreditar, mas eu já fiz balé.
Bem ali na esquina da padaria, na esquina de casa.
As pernas longas me deixavam desengonçada — e ainda deixam.
Mas todas as minhas amigas faziam balé. Eu queria também.
Treinava no chão de taco da casa dos meus avós, me segurando numa estrutura de ferro de máquina de costura antiga. Dessas que tinham um pedal e uma roldana. E o pedal girava a roldana que, por sua vez, soltava a linha. Às vezes a roldana era uma direção de carro e eu e meu irmão sentávamos no pedal, balançávamos para um lado e para o outro enquanto passeávamos por curvas perigosas em alta velocidade.
Eu treinava o balé. E usava aquela roupa inteira rosa. Da touca à sapatilha, tudo rosa.
Fizemos uma apresentação e minha avó estava lá desta vez, junto com minha mãe.
A apresentação era difícil para uma criança atrapalhada, com um descontrole de pernas, de braços e — não custou a perceber — também de coração.
Em um certo momento da coreografia insistentemente ensaiada, todas as bailarinas deveriam fazer um giro completo.
Da barra até a barra.
Todas deveriam. Eu não fiz.
Girei tão rápido que perdi o retorno da barra e parei de frente para uma plateia de mães e avós entusiasmadas.

24 Foram poucos segundos até eu me dar conta e voltar para a posição em que eu deveria estar.

Ouvi a gargalhada da minha avó. Era uma gargalhada extravagante e divertida. Alta, bem alta. Do tipo que faz qualquer pessoa séria esboçar um sorriso.

E bastou a gargalhada dela.

A risada foi generalizada.

De frente para o espelho eu via a diversão da plateia por um simples erro de rodopio meu.

A essa altura já me dei conta do tanto de erros meus que passei a perceber de frente pro espelho.

E nunca mais voltei ao balé.

5. ei, você aí

Gargalhávamos até chorar, eu e meu irmão, numa época em que nos amávamos e também não nos suportávamos. Mas, por querer ou obrigação, estávamos sempre juntos.

O andar de cima da padaria era nossa casa. E da janela do nosso quarto gritávamos para quem passasse na calçada: "Ei, você aí." Rapidamente nos abaixávamos para que não nos vissem e cantarolávamos "me dá um dinheiro aí, me dá um dinheiro aí".

Inventivos, éramos. Sempre amamos música, e era com essa que pregávamos peças nos transeuntes. E por falar em peças, criamos muitas. Uma bateria de latas ou uma corda de brinquedos para pescar outros brinquedos. Inventivos.

Nos fundos do apartamento havia uma laje — achava enorme até voltar lá com meus 30 e tantos anos. Subíamos no tanque e jogávamos nossos brinquedos na casa do vizinho, que por acaso eram nossos avós paternos. E aí descíamos a corda feita com brinquedos amarrados.

O cabelo da boneca amarrado na perna do urso de pelúcia amarrado no estilingue amarrado no violão de plástico e assim por diante. E um balde preso na ponta, para quem quer que estivesse ali por baixo devolvesse o que jogamos. Era uma alegria subir a corda, resgatando os carrinhos de corrida e as barbies que nós mesmos havíamos atirado.

Estava sozinha quando joguei uma boneca e olhei pra baixo.

26   Vi uma galinha tentando fugir.

Os braços finos de Florinha seguraram-na pelas asas e pelo pescoço e uma faca arrancou-lhe a cabeça. Lembro de ver a galinha seguir andando, mesmo sem cabeça, jorrando sangue.

Virei vegetariana.

Mas só durou alguns dias.

6. florestinha

Havia uma floresta dentro da casa dos meus tios. Ou ao menos eu achava que era, ali pelos sete, oito anos de idade. Tudo é grande nessa época. Aliás, talvez não pra mim, já que desde esse tempo eu já era a mais alta da minha turma. De qualquer modo era uma floresta, imagino ao menos umas 20 espécies de plantas e árvores diferentes. Era grande a ponto de andarmos por dentro dela e nos escondermos uns dos outros.
Certa vez fiquei quatro horas ali escondida. E enquanto ninguém me procurava, eu me escondia ainda mais. Talvez isso tenha se repetido por mais 15 ou 20 anos na minha vida. Quando me dei conta já estavam todos na mesa de jantar, todos organizados, numa formalidade que deixava os equívocos assustados — ou escondidos na florestinha.
Sempre tinha sopa. E sempre tinha muitas outras coisas. Mas era preciso tomar primeiro a sopa. Necessariamente primeiro a sopa, depois você escolhe o que quiser.
Eu nem gostava tanto assim de sopa, mas aprendi a gostar. Porque eu gostava de outras coisas também.
A sopa de quase todas as noites me ensinou bastante coisa. Me ensinou a comer com cuidado.
Me ensinou a dosar a quantidade no prato se quisesse algo mais. Me ensinou a comer em silêncio.
O silêncio, aliás, era um belíssimo amigo. Acho que por isso eu gostava da florestinha. E por isso fingia

que estava escondida lá por tanto tempo.

Nem sei bem quando passei a entender que naquela mesa não me cabia, apesar de ter uma sopa gostosa.

7. trinta pães

Padaria é um ponto de encontro de figuras marcantes da região. Quem está ali todos os dias, conhece quem vai ali todos os dias.
Observava muito atentamente os clientes, mesmo antes de trabalhar por algum tempo no caixa. Havia o caderninho do fiado. Normalmente funcionários de casas próximas vinham pegar o pão e o leite dos patrões todos os dias. E assinavam o caderninho para que ao final do mês a conta fosse acertada.
Havia um senhor que comprava muitos litros de leite todos os dias. Destes leites de saquinho, que dão trabalho para abrir sem derramar e mesmo fechados deixam qualquer superfície pegajosa.
Havia também uma família que comprava muitos pães. Todos os dias. Deve ser enorme essa família, eu pensava. Ou então eles faziam doação de pães. Três sacos de pão francês. Todos os dias.
Para estimular as vendas na banca de revistas recém-instalada na porta da padaria, meu pai decidiu fazer um sorteio. A cada dez reais em compras na banca de revista, um voucher para concorrer a um prêmio: pão grátis por um mês.
Trinta dias de pão de graça, sem letras miúdas, sem critérios. 30 dias de pão de graça.
Eis que veio o dia do sorteio, uma tal fulana havia levado o grandioso

30 prêmio. Não reconhecemos o nome de imediato.

No dia da primeira entrega da recompensa, aí sim, era aquela dos três sacos de pão. Todos os dias.

Para a infelicidade do meu pai, sem as letras miúdas, foram 30 dias de 30 pães. De graça.

Perdeu-se ali o estímulo das vendas da banca de revista. Ganhou-se a alegria de uma grande família com 30 pães por dia.

E eu não conhecia aquela fulana ou aquela grande família. Até que conheci minha sogra e reconheci a história.

8. foi um anjo

Apesar de ser um bairro muito movimentado antes da fenda da lagoa Mundaú, o Pinheiro, a certa altura, e como o restante da cidade, passou a ser alvo de muitos criminosos. A farmácia fechada às 15h por um assalto. O sex shop da galeria fechado por tempo indeterminado por um estupro. A padaria fechada numa quarta-feira porque precisávamos agradecer na igreja. Na igreja? Minha família nunca foi religiosa. Aliás, cada um tem sua fé: meu avô espírita; minha mãe messiânica; o lado paterno católico "não praticante"; minha prima mórmon. Eu não sabia o que eu era. Fui batizada na Igreja Católica, ouvia as histórias de Chico Xavier que meu avô contava na infância, fui rebatizada na igreja messiânica aos dez anos, frequentei a Igreja Batista do Farol com as baratinhas — duas irmãs que eram minhas vizinhas e se tornaram minhas amigas — na juventude, e com 16 tive meu primeiro e verdadeiro encontro com Deus em um retiro de jovens da Igreja Católica. Depois disso eu sabia o que eu era. Eu era católica apostólica romana. E tentei fazer um arrastão de conversão na família. Sem muito sucesso.

Pois bem. Os assaltos à padaria foram muitos ao longo de seus 40 anos de existência. Alguns antes de mim. Diversos com meu pai. Gostaria de lembrar menos. Mas um deles merece ser revivido. Naquela fatídica noite, tudo ocorria como tinha de ser. Era terça-feira, dia de folga da responsável pelo caixa. Meu pai fazia as vezes e atendia sempre com muito assunto os clientes que vinham acertar suas compras. O segurança da padaria estava do outro lado da pista, à paisana, olhando para a padaria encostado em seu carro, como de costume.

Eram 19h30, a padaria fechava às 20h. Nesse horário já não há tanto movimento dentro do estabelecimento e as ruas vão diminuindo o fluxo de carros e pessoas. Momento ideal para o assalto, eis a razão pela qual havia sempre um segurança que ficava das 18h até a partida de todos os funcionários.

Uma moto chegou no estacionamento e parou exatamente na frente do caixa. O motoqueiro desceu e andou sem retirar o capacete. Um clássico. Meu pai já sabia, o segurança já sabia. A mulher do meu pai, comendo um salgado nas mesinhas de dentro, olhando para a TV e também para o caixa, sempre atenta, também já sabia.

A padaria foi assaltada inúmeras vezes. Mas nenhuma delas na presença do meu pai. Graças a Deus, os católicos não praticantes diziam. Se seu pai estivesse presente, eu nem sei o que seria. Nesse dia ele estava presente. Ah, e como ele desejou estar presente. Era o negócio dele, o negócio da família, construído por meu avô. Ladrão nenhum se daria bem na presença do meu pai. Era o que ele dizia, ancho, peito estufado, olho arregalado.

Nesse dia ele estava presente e antes que o assaltante pudesse dar o anúncio de sua visita, meu pai pulou em cima dele. O capacete caiu, os dois rolaram pelo estacionamento. Tapas, socos, chutes. Nenhum dos dois via nada. Mas o coração acelerado de meu pai e o sangue que àquela altura fazia as veias da cabeça saltarem como se fossem explodir insistiam que ele seria um super-herói. Ou um louco. É difícil distinguir nesses momentos de grande adrenalina.

Ele era o super-herói louco e rolava com o assaltante até que ele perdeu. O ladrão se levantou, meu pai ficou no chão. O assaltante sacou a arma, apontou para a cabeça do meu pai e deu três tiros. Um, dois, três...
Os olhos fechados e as mãos protegendo o rosto enquanto as pernas se encolhiam e o corpo virava para o lado. Meu pai não viu nada. E também não ouviu nada além de três cliques. E depois sim, um tiro. O quarto.
O quarto tiro foi do segurança do outro lado da rua. Ele atirou para cima depois de não saber o que fazer enquanto meu pai se engalfinhava com o ladrão e rolava de um lado para o outro do estacionamento ao mesmo tempo em que minha madrasta gritava e gritava e gritava.
As balas do revólver do assaltante não saíram. Foram três tentativas, a quarta, que deu certo, não veio dele. O ladrão subiu na moto e foi embora.
O segurança não queria saber de ir atrás de ninguém, queria ver se meu pai estava inteiro. No meio do caos ninguém sabia direito se o tiro ouvido era do segurança ou do ladrão, se meu pai, na tentativa de super-herói louco, estava vivo ou morto.
Meu pai se levantou, intacto apesar da dor nas costas e alguns hematomas pelo corpo. Rapidamente a padaria fechou as portas. Vão todos embora, ele gritou. Um medo imenso daquele cara voltar com um revólver que funcionasse. Liga para a polícia, urgente!
Minha madrasta em pânico, os funcionários em pânico, clientes que estavam presentes em pânico. Meu pai não. Ele estava intacto apesar da dor nas costas e alguns hematomas. Recebi uma ligação dele: venham para cá agora, você e seu

irmão, quero todo mundo aqui. Por que, pai? O que houve? Venham! E desligou o telefone.

Fomos. Eu e meu irmão. E lá encontramos minha irmã e minha madrasta, chorando, ainda nervosas. Um abraço apertado no meu pai.

Quase que eu morro agora. E ouvimos todo o ocorrido em vozes trêmulas do recém-acontecido.

As balas não saíram, minha filha, não saíram. Foi um anjo! E aí, o choro. Finalmente o choro.

Meu pai não chora, não é coisa de homem, ele diz. Vê-lo chorar foi realmente uma surpresa tremenda. Ali eu nem imaginava, mas só voltaria a ver essa cena, o choro do meu pai, no dia do encerramento das atividades da padaria.

Horas depois, o segurança nos contou que achou o pente da arma no chão do estacionamento.

As balas não saíram porque o pente caiu no meio da briga. Um acaso, uma sorte, ou o anjo do meu pai. A gente acredita no que quer acreditar.

No dia seguinte fomos todos à missa na igreja do Pinheiro agradecer a Deus pela vida preservada. Foi a única vez que fui à missa com meu pai.

9. meu nome na rádio

Com 17 anos a gente não sabe o que quer da vida. Ainda que haja certeza. Desde sempre.
Com 17 anos a gente não tem certeza de nada. Eu queria fazer música ou arquitetura. Mas eu fiz direito. Havia um senso de responsabilidade em mim que era incomum para a idade. Eu não queria fazer direito. Mas o direito tem uma vasta gama de possibilidades profissionais. Aliás, perdoe meu português forense. Uma vasta gama. Pra que isso?
Mas o direito é apaixonante mesmo sem eu ter me apaixonado por ele. Eu li tantos livros na faculdade que passei anos sem ler nada por prazer. Passou.
Nunca comprei livros de direito. Mas eu tinha um bolo de xérox que todo final de ano ia pro lixo.
Decidi fazer direito por insistência do meu pai, que não tem formação, mas entende de tudo um pouco. E está sempre certo. É o que ele acha. De todo modo, dessa vez ele acertou. Vou fazer direito!
A gente ouvia o resultado do vestibular no rádio. Nome por nome. Completo. Em ordem alfabética. Fui ouvir no rádio que ficava no escritório da padaria. Sozinha. Eu estava muito nervosa. Era uma obrigação passar no vestibular. Não tinha opção.
Eu não apenas estudava. Trabalhava em loja de shopping. Mas tinha tempo. Jovem tem tempo demais.
Era uma obrigação passar no vestibular. Todos os meus primos mais velhos pas-

saram de primeira. Eu não tinha a opção de fazer faculdade particular. Tinha que ser na federal, tinha que ser de primeira. Aos 17 anos.

Eu estava sozinha no escritório da padaria, enquanto meu pai ouvia dentro do carro no estacionamento. Administração, arquitetura, biologia, ciências sociais, direito. Diurno. Noturno. Pronto. Chegou a hora. Nome por nome. Completo. Em ordem alfabética. Eu não ouvi meu nome na rádio.

Ouvi o grito do meu pai de lá do estacionamento. Passou. Por alguma razão estávamos sintonizados em rádios diferentes e ele ouviu primeiro. Eu nunca ouvi. Depois do grito vieram os abraços e as felicitações estridentes. Meu pai, os funcionários, meu irmão. Depois chegaram meu avô e minha mãe, também para abraços e felicitações estridentes.

Passou.

Apareceu rapidamente um barbeador e um band-aid. Nunca entendi a razão para se raspar a sobrancelha por uma aprovação no vestibular. Mas eu sonhava com esse momento. Band-aids coloridos na testa por semanas. Meu pai saiu quando minha mãe e meu avô chegaram, sem dizer para onde, sem dizer por quê.

Voltou 20 minutos depois com a cabeça raspada e um cheiro de cachaça no corpo. Era a realização dele. Direito. Que ele queria. Na universidade federal. Que ele queria. De primeira. Era a formação dele também.

Minha irmã tinha cinco anos de idade. Estudava ali perto em uma escolinha em frente ao prédio em que meu avô veio a morar, e de onde sentimos juntos, anos depois, o tremor do solo.

Era perto do Carnaval. Nesse dia ela desfilaria em um bloquinho da escola, passeando pelas ruas do Pinheiro. O bloquinho virou a esquina da rua Belo Horizonte no momento em

que meu pai voltou do barbeiro. Ele me puxou pelo braço e entramos no bloquinho junto com minha irmã e sua mãe. Eu de band-aid colorido na testa. Meu pai de cabelo raspado e cheiro de cachaça.
Felicitações estridentes uma vez mais. E choro estridente também. De minha irmã, que não entendeu o cabelo raspado de meu pai.
A nossa comemoração foi assim. Um bloquinho de Carnaval de uma escolinha do bairro. Desfilando pelas ruas do Pinheiro. Meu pai sendo o verdadeiro aprovado no vestibular. Com direito a exagero e ressaca. E uma cerveja que me foi negada e até hoje eu tento compensar.

10. a chuva que caía do céu e caía de nós

Na época meu pai não podia saber, mas meu avô e eu frequentávamos também uma outra padaria. E não era pela crocância do pão francês ou pelo atendimento. Aliás, não há pão francês em Maceió que supere o que era feito por meu pai. Frequentávamos essa outra padaria apenas pela praticidade, era na esquina de casa.

Meu avô sempre buscava eu e meu irmão na escola. Vez ou outra ele não podia comparecer e passava a bola para meu pai. Esses eram os dias que ficávamos, eu e meu irmão, acompanhados apenas do segurança da escola, na espera do atraso rotineiro de meu pai. Meu avô não, era sempre pontual. Já estava na porta quando tocava o sinal de encerramento das aulas, sempre encostado no capô do santana preto com um sorriso no rosto e puxando conversa com quem quer que passasse.

Nosso percurso era sempre o mesmo, da escola para casa com uma parada na padaria da esquina. Eu amava ir com meu avô comprar pão. 10 pães e um litro de leite. Todos os dias.

Meu avô não parava o carro no estacionamento da padaria, parávamos sempre na esquina da rua. Descíamos todos, eu, meu irmão e meu avô. Íamos à padaria juntos, voltávamos juntos para o carro, mais 100 metros e estávamos na porta de casa. Vez ou outra meu irmão descia do carro na esquina e preferia ir andando pra casa. Eu não, sempre acompanhava meu avô no pão e no leite.

Em um desses dias do mesmo percurso, saímos da escola, paramos na esquina, descemos juntos, mas não fomos juntos à padaria. Meu irmão preferiu ir andando para casa. E assim foi. 10 pães e um litro de leite. Eu que iria pagar a conta nesse dia, tinha quebrado meu cofre e estava feliz da vida contando minhas moedas para fazer o pagamento. E seguimos para o carro.

Eu entrei, mas meu avô não entrou. Havia um homem falando com ele e logo outro abriu a porta do passageiro onde eu estava sentada.

Ouvi meu avô dizer "tudo bem, só não mexam com minha neta".

Era um assalto. O homem conversando do lado de fora do carro empurrou uma arma na boca do estômago do meu avô. Bora, perdeu, me dê a chave do carro. O homem do meu lado me puxou para fora do carro, eu não tinha entendido muita coisa ainda. Mas queria minha mochila que estava no banco de trás, meus livros, meu estojo, meu caderno cheio de poemas e desenhos — e também atividades da escola, claro. Minha mochila, eu gritei.

Tudo bem, pode pegar, disse o homem que conversava com meu avô.

Eles só queriam o carro. Um santana preto, espaçoso, discreto, potente. Era um ótimo carro para cometer crimes. Talvez não fosse o carro ideal para comprar pão e leite.

Meu avô veio para a calçada onde eu estava com os olhos arregalados, o coração acelerado e a mochila na mão. Os homens saíram com o santana preto, ali, pela nossa rua mesmo. Passaram direto pela casa grande de portões frouxos onde morávamos.

Abracei meu avô, chorei, ele chorou também, o que não era incomum. E seguimos abraçados caminhando até em casa.

Foi a primeira vez que eu vi chover apenas na metade da rua. Na metade que não tinha nos alcançado ainda. Depois percebi que chovia também na nossa metade. Mas era uma chuva que caía de nós.
Caminhamos silenciosamente pelos 100 metros que separavam a esquina da casa grande de portões frouxos onde morávamos. A chuva que caía do céu nos alcançou na porta de casa. Ou foi a chuva que caia de nós que se intensificou e nos deixou ensopados. Não consigo me lembrar.

11. era discada

Enquanto ainda existia o bairro do Pinheiro, enquanto havia casas habitadas e comércios em pleno funcionamento, muitas vidas se conectavam. Eu me conectava também. Com os clientes da padaria, com as senhorinhas sentadas nas cadeiras de balanço em suas portas, com os amigos que iam jogar bola na casa da minha tia. E me conectava também com um mundo distante e imenso. Pela tela de um computador.

Eu não tinha computador e nem os meus pais ou avós. Mas havia um na casa da minha tia. Só para os adultos, claro. Ficava no escritório. Eu via meu tio passar horas sentado lá. Meus primos podiam desenhar no paint com supervisão, às vezes.

Mas aí chegou a internet. A gente não sabia direito o que era e como funcionava. Mas eu amava ouvir o barulhinho que ela fazia quando era usada. Era discada. Vinculada ao telefone da casa que ficava também no escritório. Se usasse a internet, não podia usar o telefone. Era discada.

Uma chamada telefônica que fazia com que um mundo inteiro se abrisse por dentro de uma tela quadrada de um monitor enorme. Uma ligação só.

A gente não sabia direito o que era e como funcionava. Mas eu amava me conectar. Fazíamos uma fila. Cada um podia usar por apenas 15 minutos. Aos sábados e domingos. Eu, meu irmão, meus três primos. Conectou! Abre o script. Escolhe o nickname. Entra em canais. Tc de onde?

44   Eu nunca fui criativa com nome. Sempre que entrava usava um nome diferente. Talvez por isso demorei tanto para escolher meu nome "artístico" e passeei por diversas versões de mim até saber quem eu era. Ninguém sabia quem eu era online, mudando de nick a todo instante. Mas eu sabia quem eram todos. Alguns amigos escolheram tão bem que até hoje são conhecidos por seu apelido de MIRC. Eu não. Livinha23, Liliu_, Branca6, _Amarela_, L_I_V, e trocentos outros. Nenhum vingou.

Era divertido não saberem. Vez ou outra eu conversava com amigos sem dizer que era eu. Não havia foto. Nem envio de arquivos. Era um mundo completamente diferente do 100% offline que eu conhecia até então. Conversava com pessoas que nunca conheci. Que assunto tínhamos?

Nunca imaginei que sairíamos tão rapidamente do 100% offline para o quase sempre online de hoje.

Depois do "tc de onde?", "do pinheiro", vinham as descrições físicas. Alta, loira, olhos verdes.

Nunca achei que essa descrição me ajudava em algo. Eu sou alta, loira, olhos verdes, é verdade. Mas essas características, juntas assim, na minha mente, moldam uma outra pessoa. Não sou eu.

Então às vezes eu tinha cabelos pretos. Às vezes eu tinha 1,52. Às vezes eu era um pouco mais velha. Quem pode ser outra pessoa hoje sem que alguém perceba? Aproveitei enquanto pude. Era divertido. Marquei diversos encontros aos quais nunca compareci. Filosofei sobre a vida com muita gente de quem nunca ouvi a voz. Fiz planos com pessoas que nunca farão parte da minha história.

Havia muito rigor no uso da internet na casa da minha tia. Era caro. Era uma chamada telefônica que fazia com que um mundo inteiro se abrisse por dentro de uma tela quadrada de um monitor enorme. Custava caro. Era uma ligação internacional, por horas. Por 1h15. Aos sábados e domingos. Eu, meu irmão, meus três primos. Acabou o tempo. Vão brincar. Eu gostava quando havia limite de tempo para o online. Para depois seguirmos a nos conectar novamente uns com os outros, no offline.

12. cartório do bebedouro

Certa vez precisei ir ao cartório de notas para abrir uma firma e reconhecer minha assinatura em uma procuração. Eu viajaria para um intercâmbio e precisaria deixar uma autorização para minha mãe acessar qualquer coisa em meu nome.
Perguntei ao meu avô onde deveria ir.
Sabe o trilho do trem? Passando ele, a primeira à direita tem uma igreja. É por trás dessa igreja, tem erro não.
Engraçado pensar no funcionamento de Maceió: aqui ninguém sabe os endereços, os nomes das ruas. A localização é sempre pela referência.
Referência, aliás, é um excelente abre caminhos em qualquer área em Maceió. Se a referência for um sobrenome político, então, melhor ainda. Mas isso é assunto pra outra história...
Voltando ao cartório, com as referências de meu avô lá fui eu. Passei o trilho do trem, virei à direita na igreja, por detrás dela estava o Cartório do Bebedouro. Teve erro não mesmo.
Tive ali minha primeira — de muitas — péssima impressão sobre cartórios. Eu não sei no resto do país, mas em Maceió eles costumam ser pequenos, lotados, quentes, com cheiro de Cheetos e sempre, sempre com funcionários mal-humorados.
Porque eles estão sempre mal-humorados? Eu sigo me questionando. Será o serviço repetitivo? Lidar com gente

48 todo dia, a todo instante? O calor? O cheiro de Cheetos? Será que eles ganham pouco? Trabalham muito?

Os cartórios funcionam das 8h às 14h, de segunda a sexta--feira e recebem muito bem pelo serviço que realizam. Algo não faz sentido para mim.

Entrei. Retirei minha senha, um papelzinho cortado à mão com o número 23, mas não sem antes ser indagada sobre o que eu gostaria de fazer lá. Gostaria de abrir e reconhecer minha firma.

Precisa da cópia do RG e do comprovante de endereço, a gente não tira cópia aqui e o pagamento é apenas em dinheiro.

Foi assim, bem direta a atendente daquele dia. Eu com meus recém-completados 18 anos, tímida, inexperiente, perguntei se servia um comprovante de endereço da minha mãe. Só se o nome dela estiver exatamente igual ao seu RG. Ok, obrigada.

Me sentei e aguardei ser chamada, com um medo imenso de, após mais de 1 hora de espera no calor, sentada numa cadeira sem braços, e com meus próprios braços e pernas encolhidos por estar entre dois homens fortes — ou não tão fortes assim, mas homens, enfim, pernas abertas e donos do mundo —, a atendente perceber que no meu RG o sobrenome de minha mãe tinha um acento e no comprovante de endereço dela não tinha.

Eu olhava e olhava os dois documentos repetidas vezes. Pensei até em riscar o comprovante de endereço para incluir o acento da minha mãe. Nesse tempo já cursava o primeiro ano de direito e morria de medo de cometer algum crime. Falsidade ideológica, eu pensava. Sem chance.

Ali naquela mais de uma hora de espera eu observei tudo. A quantidade de avisos mal colados pelas paredes.

NÃO TIRAMOS XEROX. APENAS DINHEIRO. ABRIR FIRMA R$5,70. PROIBIDO FUMAR. USO DO BANHEIRO EXCLUSIVO PARA FUNCIONÁRIOS. ART. 331 DO CÓDIGO PENAL – DESACATAR FUNCIONÁRIO PÚBLICO – PENA: DETENÇÃO DE 6 MESES A 2 ANOS. NÃO TEMOS ÁGUA.

São tantos os avisos, que você nem consegue ler tudo aquilo. Vez ou outra vi um atendente apontar para algum cartaz quando vinha uma pergunta cuja resposta estava lá, tão à vista de todos, tão escondida no caos daquele lugar.

Os livros, muitos, enormes, velhos. Livros em que eram adicionadas as firmas abertas e em que eram localizadas as firmas a se reconhecer. Umas assinaturas tão antigas. Eu com 18 anos pensava que precisaria usar a mesma assinatura que eu iria criar ali em 10, 30, 40 anos. E sempre que precisassem reconhecer minha firma eu diria: pode ir lá no Cartório do Bebedouro, depois do trilho de trem, entra na igreja à direita, fica atrás dela, tem erro não.

Mas depois de quase 20 anos o cartório não está mais lá. Eu perdi essa referência.

Meu avô também. Agora a referência é outra: na rua da loteria, ali do outro lado da Fernandes Lima. O Bebedouro não existe mais. Nem a igreja. O trilho do trem segue por lá, mas se eu nunca vi passar um trem por ali, imagina agora com o risco de tudo escorrer pelas novas aberturas da lagoa Mundaú.

Eu fui lá recentemente. No novo Cartório do Bebedouro, que não fica mais no Bebedouro. Fui mudar meu sobrenome. Aliás, incluir o sobrenome que meu pai me deu, mas não me deu. Ele me escolheu um, a vida me escolheu outro. E pra não deixar de ser quem eu acabei me tornando, depois de mais de 35 anos, trouxe pra formalidade que este país ainda exige o sobrenome que uso desde que me tornei alguém.

E foi justamente essa ida no novo Cartório do Bebedouro, que não fica mais no Bebedouro, que relembrei do meu primeiro encontro com aquele ambiente.

Ainda imersa nas ocupações dos atendentes, me peguei refletindo sobre aquele trabalho. Pega o caderno, procura a assinatura velha, confere com a assinatura nova, tudo ok, R$5,70. Cinco e setenta, naquela época, para dizer que minha assinatura é verdadeiramente minha. Uma assinatura que criei com 18 anos e que terei que replicar toda a minha vida, sem mudar, para não parecer fraude. Quando que nossa assinatura perdeu a validade individual e foi preciso que outra pessoa dissesse que aquela assinatura que eu acabei de fazer no papel, eu mesma, eu ali na frente da pessoa que pede minha assinatura, é realmente minha? E por que preciso pagar para que alguém — que eu nem sei quem é — diga que minha assinatura é minha e que podem confiar? Um papel com um carimbo e uma assinatura de outra pessoa atesta que minha assinatura é minha. Com 18 anos tudo isso é realmente ainda mais complexo.

Chegou minha vez de ser atendida. Finalmente. Não via a hora de sair daquele lugar. Àquela altura até o meu cabelo já cheirava a Cheetos.

Outra pessoa, que não a atendente que me deu a senha, me recebeu. Pegou meus documentos e minhas cópias. Quero abrir uma firma e reconhecer ela nesse documento aqui. Ele olhou, olhou. Colocou o dedo indicador sobre meu nome e foi correndo ele lateralmente até o final. Fez o mesmo no nome de minha mãe e depois no comprovante de endereço. Parou o dedo no sobrenome, voltou para o meu RG.

Levantou da cadeira, foi consultar uma outra pessoa que estava numa espécie de cabine baixa com divisórias de PVC. Uma senhora grisalha. Com certeza era mais velha que meus avós, mas ainda trabalhava. Ela veio de lá até a mesinha do meu atendente gritando. Não, não. Pode não. Tá diferente o nome. Tem que ser outro comprovante com o nome da sua mãe certinho ou então um no seu nome.
Mas o nome da minha mãe está certinho.
Não, assim não pode. Faltou o acento. Tá vendo? Pode não, minha filha. É lei.
Lei? Pensei eu. Que lei que diz que eu não posso abrir e reconhecer minha própria assinatura porque o sobrenome da minha mãe no comprovante de endereço está sem acento? Não fazia o menor sentido. E segue sem fazer.
Foi a primeira vez — de muitas — que um acento agudo interferiu nos meus planos.
Voltei para casa sem a firma.
No dia que fui mudar o meu sobrenome no Cartório do Bebedouro, que hoje não fica mais no Bebedouro, aproveitei também para ajustar o acento do nome da minha mãe. Essa visita foi bem mais cara. Duzentos e tantos reais para incluir o sobrenome que meu pai me deu, mas não me deu, e para retirar o acento que minha mãe tinha, mas não tinha. E saí de novo com cheiro de Cheetos no cabelo.

13. entre zigue-zagues e ruas estreitas

A última rua da fronteira entre o Pinheiro e o bairro do Sanatório era larga, bem larga. Daria facilmente para estacionar carros dos dois lados e passar mais dois carros em mão dupla sem dificuldade. Mas seguindo em frente, a rua se estreitava num zigue-zague em descida.
No final do zigue-zague, ainda com a rua estreita, havia um portão de ferro verde que deveria impedir a passagem de qualquer pessoa. Mas todas as vezes que eu precisei ir por lá, o portão estava aberto e sem ninguém a vigiar.
Era um condomínio de casas, ou era pra ser. Há uma falsa sensação de segurança dentro de condomínios. Os muros das casas são baixos, a crença na segurança afeta também a privacidade, para além da liberdade. Porque pessoas pseudo-seguras acham que é legal que todos os vizinhos vejam sua piscina e as festas que acontecem no quintal?
Bom, naquele momento eu imaginava que condomínio era coisa de gente rica. Gente rica gosta de mostrar a piscina e as festas que acontecem no quintal. Mas esse condomínio era diferente, os muros eram altos, as casas eram normais, nada extravagantes. Ali havia uma lógica invertida do que era para ser um condomínio. Os muros altos eram para impedir que as pessoas chegassem perto. Os vizinhos aparentemente nem se conheciam.
Eu frequentava aquele condomínio toda semana, havia um estúdio por lá e, naquele tempo, eu acreditava na

magia de ser artista. Ensaiávamos todas as quintas-feiras. Um dia ótimo para tomar uma cerveja, inclusive. Como não havia restrição, levávamos amigos, namorados/as, cervejas. Os ensaios eram ótimos, duravam até uma, duas horas da manhã. Éramos quatro integrantes e a gente adorava fazer aquilo. Pegar músicas novas, fazer nossas versões, compor, criar arranjos para as canções que eu compunha.

Os vizinhos não ficavam muito felizes, era muito barulho e a vedação da porta do estúdio não era tão bem feita. A casa era até grande, mas eu suponho que moravam umas 15 pessoas ali. E tinha também o cachorro. Um cachorro grande, preto. Ele não gostava do movimento do estúdio. Latia até que todos entrassem na sala e fechassem a porta. E às vezes o escutávamos uivar junto com a música.

Em uma dessas idas ao estúdio, fomos dar uma volta pelo condomínio e descobrimos que havia um mirante com uma vista inacreditável. Era a lagoa, linda, plena, silenciosa e tranquila. Naquele momento, com a quietude tomando conta, nem parecia que moravam tantas pessoas no condomínio. Passamos a ir ali no mirante sempre antes ou depois do ensaio, a depender da disposição e das obrigações do dia seguinte. Isso era antes do tempo de aplicativos de mensagens instantâneas. Aliás, acho que nunca tive um grupo de WhatsApp com essa banda. Então eu não costumava avisar a hora que voltaria para casa. Era sabido que eu tinha saído para ensaiar e que voltaria tarde.

Adolescentes são ótimos. É sempre tudo muito leve e muito simples. E a ressaca é diferente, quando há. Ensaiávamos, nos divertíamos, bebíamos cerveja e no outro dia pela manhã estávamos lá em nossas obrigações estudantis.

Um desses dias após o ensaio, no mirante da lagoa, conversamos horas a fio. Sem pressa, sem pressão, sem pensar no dia que viria. E ele chegou conosco ainda ali. Quando percebemos que o dia estava amanhecendo resolvemos esperar. A cidade era diferente vista dali. Os primeiros raios de sol do dia, que nasciam do lado oposto, alcançavam o espelho d'água imóvel da lagoa, que os refletia brilhantes. Os prédios distantes, nem pareciam tão imponentes. O silêncio macio, confortável como uma cama de hotel. Dormimos.

Uma hora depois alguém bate no vidro. Era um segurança do condomínio. Aparentemente aqueles moradores tinham mesmo alguma segurança. Eu me senti pega no flagra. O que quatro adolescentes estavam fazendo dentro de um carro parado em frente ao mirante da lagoa, em um condomínio escondido entre zigue-zagues e ruas que se estreitavam? Foi a pergunta retórica do segurança que já tinha uma resposta crível — para ele mesmo. Vocês estão usando droga, né? Vão embora, viu, seus maconheiros, que aqui é um condomínio de respeito e os moradores vão chamar a polícia.

Até tentei articular alguma frase, mas quem acreditaria que estávamos apenas conversando, esperando o nascer do sol, ouvindo músicas que adorávamos? Pois é. Ninguém. Nem mesmo a minha mãe quando cheguei em casa.

Na verdade eu entendi que no condomínio os moradores estavam incomodados porque descobrimos um paraíso que até ali era de poucos. Não é todo condomínio que tem uma vista para a lagoa daquele jeito. Me pergunto para quem é o mirante hoje, depois que o condomínio foi evacuado por ser área de risco.

Eu sempre imagino a visão de coisas que eu nunca vou conseguir ver. Mas não é tão profundo quanto essa frase pode fazer parecer.

Penso como deve ser a visão do meu li-quidificador que fica em cima do armá-

56 rio da cozinha. O que ele vê de lá quando não tem ninguém em casa? Assim como me intriga qual a visão que a cerca daquele mirante deve ter hoje, sem ninguém de companhia, sem barulhos de ensaios, sem conversas a fio dentro de um carro ao seu lado.

14. lá em cima

Maceió só tem dois níveis: parte alta e parte baixa. Isso quer dizer que, literalmente, a gente sobe ou desce uma única ladeira quando quer se deslocar de um extremo ao outro. Até existem algumas ladeiras que fazem essa conexão, mas não existem ladeiras dentro de um mesmo bairro.
O Pinheiro é na parte alta da cidade, a orla fica na parte baixa. Se você quiser ir da praia até onde ficava a padaria, há apenas três possíveis caminhos, cada um com sua ladeira, subindo. Por aqui, a gente fala "vou descer" ou "vou subir".
A maior parte dos frequentadores da padaria eram pessoas da parte alta, dos bairros nos arredores e do próprio Pinheiro, claro. Mas houve um tempo em que a padaria era uma das melhores da cidade. Na minha concepção, seguiu sendo até seu fechamento. Mas houve um tempo em que isso era a concepção de muita gente. E nesse período, as pessoas subiam até o Pinheiro só para comprar o pão francês mais gostoso de Maceió.
Ali pelos anos 80, havia um bar na frente da padaria. Meu pai e meus tios adoravam, meu avô nem tanto. O estacionamento da padaria era pequeno, cabiam apenas três carros. E não havia estacionamento no bar (acho que não preciso comentar aqui que em 1980, ninguém se importava com a mistura de álcool e direção).
Meu avô vivia reclamando com o dono do bar. Seu Antônio, peça aos seus clientes que não estacionem aqui. O estacio-

58 namento é pequeno, se quem vem aqui não acha vaga, vai embora sem comprar o pão. Claro, seu Dirceu, vou ficar atento. A conversa era sempre polida e respeitosa, mas nada mudava. Os clientes do bar seguiam estacionando na porta da padaria. Até que um dia meu avô se irritou de verdade.

Ele estava no caixa, atento aos clientes, educado e simpático como de costume, não observou quando a última vaga do estacionamento foi ocupada, mas viu um senhor atravessar a rua e sentar no bar do Antônio. Mesmo contrariado, pediu a um funcionário da padaria que fosse ao bar e solicitasse para aquele senhor retirar o carro do estacionamento dele. O telefone sem fio foi e voltou com a resposta de que não, ele não moveria o carro.

Rapidamente, meu avô chamou meu pai e meus tios e ordenou: tirem esse carro daqui de qualquer jeito. Os adolescentes adoraram a ordem recebida. No mesmo instante estavam empurrando e levantando o carro, que obviamente, com o freio de mão puxado, não saía do lugar. Mas mexia, mexia bastante. E a cada levantada e descida havia um barulho alto do pneu batendo no chão e na lataria.

Vendo o movimento estranho na porta, saiu uma mulher de dentro da padaria. Desesperada. O que está acontecendo aqui? Por que vocês estão fazendo isso com meu carro?

Ele procurou, mas não havia buraco para o meu avô enfiar a cabeça. Meu pai e meus tios vermelhos, com olhos arregalados e assustados, pegos em um flagra equivocado. O medo do flagra não existia, eles estavam obedecendo ordens do pai. O senhor que foi para o bar e parou o carro na padaria que estava errado. Eles estavam fazendo algo que entendiam ser correto. Mas não contavam com o equívoco.

Meu avô ainda argumentou. Pensei que o carro era daquele camarada ali ó, que está sentado no bar, de camisa branca.

Sim, esse cidadão é meu marido. Mas a gente veio lá de baixo só para comprar pão aqui. Eu pedi um salgado e ele preferiu ir no bar enquanto eu comia.
Ela veio da parte baixa da cidade, de algum dos bairros próximos da orla. Foi comprar o pão lá em cima. Na melhor padaria da cidade. Aquela que o pão francês é crocante por fora e molinho por dentro. De lá de baixo. E quase ficou sem carro para descer de volta para casa. As desculpas do meu avô nem foram aceitas. Menos uma cliente.

15. a cidade da fofoca

Morar no interior deve ser difícil. Nunca morei, nasci e fui criada em Maceió. No Pinheiro, no Farol, sempre na parte alta da cidade. Deve ser difícil morar no interior, todo mundo se conhece. Não há muito o que fazer então os vizinhos todos se sentam nas portas de suas casas, com suas cadeirinhas de balanço, para comentar sobre a vida de qualquer um que passe na frente.

Todo mundo se conhece, todo mundo se cruza todo dia. Opa, seu Ronaldo. Tudo bem? Como vai Dona Dirlene? Como estão os seus filhos? Se não lembram do nome de quem passa, certamente se recordam do nome do seu pai ou da sua mãe. Olha a filha da Magnólia ali, tá magra, né? Coitada, deve ser o sofrimento. Soube que se divorciou.

Há uma peculiaridade também em morar em uma capital pequena. As pessoas se acham importantes, maiores, mais desenvolvidas do que aquelas que moram no interior. Mas também amam uma boa fofoca. E em Maceió também todo mundo se conhece. Especialmente se você nasceu e foi criado em um único bairro. Não é mais tão fácil encontrar os vizinhos sentados nas calçadas, mas mesmo dentro de casa eles saberão seu nome ou o nome de seus pais. E certamente saberão mais da sua vida do que você mesmo.

Certo dia estava em uma confraternização. Ou seria uma festa destas que jovens inventam só para fazer farra com os amigos. Não me recordo qual era a razão da reunião, mas lá estávamos, comemorando algo. A cerveja acabou e rapidinho apontaram o dedo para a resolutora dos problemas dos eventos: a produtora. Vai lá você, compre mais cerveja, se achar petisco também, traz. Como estava bebendo, procurei alguém sóbrio para dirigir. A grávida. Melhor escolha não há. Bora lá? Onde vamos? Não sei, acho que a essa hora o mercadinho já fechou. Vamos no Caldinho do Vieira?

Era o bar mais antigo da região. E o Vieira fazia questão de deixar à vista essa antiguidade. Não houve reformas estruturais. Entrar naquele boteco era parecido com assistir um filme dos anos 80, ou ver uma foto desbotada em preto e branco. Era visivelmente velho. Mas era um excelente bar. Meu pai frequentava aquele ambiente todos os dias. Uma cachacinha por dia não faz mal a ninguém. Só uma. Isso não me faz um alcoólatra, ele diz. E por enquanto escrevo feliz sem usar o verbo no passado. Ele ainda diz.

Não sei o que meu pai fez para tomar sua dose diária sem o luxuoso acompanhamento do Vieira depois que o bar fechou. Prefiro nem perguntar.

Vamos parar para comprar aqui mesmo. Você desce! Eu não, né? Tu vai colocar uma grávida pra descer e comprar cerveja? Tem razão. Mas aqui todo mundo me conhece, é horrível. Mesmo ali com meus vinte e poucos anos, tinha receio da fofoca da cidade. Isso certamente chegaria ao meu pai. Mas vou enfrentar, não tem nada de errado em comprar cervejas para uma festa.

Fui direto ao caixa e, como imaginava, a esposa do Vieira me reconheceu. Olha, a filha do Dirceuzinho. Tudo bem com você? Como está seu irmão? Nunca mais eu vi. Seu pai veio aqui hoje mais cedo. Eu queria seis cervejas, por favor. Depois eu trago os cascos. E tem como levar o caldinho pra viagem? Claro!

Havia um senhor bêbado no balcão que tentou puxar assunto comigo. Há também um lado bom de saberem quem você é. Há um instinto de proteção. É todo mundo um pouco família. Ou eles acham que são. Ei, não mexa com ela não, viu, Santana. Deixe a menina quieta.
Peguei as cervejas, um litro de caldinho. Paguei e caminhei de volta para o carro da grávida. Desastrada como de costume, não vi os frascos vazios de cerveja ao lado de uma das mesas no meu percurso. Chutei todos. Foi como se tivesse acertado em cheio uma bola de boliche nas dez garrafas que estavam aguardando contagem. Aquele barulhão. E eu que estava na tentativa de ser discreta e rápida nessa compra no bar favorito do meu pai recebi todos os olhares possíveis. Três frascos inclusive se quebraram. Eu não sabia o que fazer. Um sorriso acanhado. Eita, meu Deus, desculpa, desculpa. E corri para o carro. Ainda ouvi mais um "é a filha da Ana Paula".
No dia seguinte, ainda pela manhã, recebi um telefonema do meu pai querendo saber por que eu estava bêbada derrubando tudo no bar do Vieira. Foi o que chegou para ele.
Foi difícil crescer em um bairro em que todos sabem quem você é, em uma capital interiorana que ama uma boa fofoca. Hoje penso o quão raro era isso e o quão sortuda eu fui. Sinto saudade de ser a filha do Dirceu e da Ana Paula por onde passo.

16. zé luiz

Quem morou no bairro do Pinheiro certamente conheceu Zé Luiz. Uma figura engraçada. Um homem baixo, cabelos enrolados e um pouco grisalhos. Barba baixa e bagunçada. Sempre caminhando. Ninguém sabia ao certo quem era ele, o que ele fazia, do que vivia, onde morava. Mas havia suposições diversas. Ele é interno do manicômio, mas por ter bom comportamento deixam passear. Ele é morador de rua, mas como é bem quisto cada noite dorme em uma casa diferente, Não, não. Ele tem família, mora na rua da Adefal com a irmã, só é meio doidinho.
Ainda não sei qual a história real do Zé Luiz. Pra mim, ele era um funcionário de diversas casas ali nas redondezas da padaria. Aparecia sempre sorrindo. Sua voz era forte como o primeiro trovão em uma noite chuvosa. Lili, tem um cafezinho?
Zé Luiz amava café, não podia chegar na padaria sem pedir um copinho de café. E tomava dois, três, às vezes quatro. Ali encostado no caixa, conversando com quem lá estivesse ou quem lá passasse. Conhecia todo mundo.
Zé Luiz era jardineiro, ou eu supunha que ele era já que estava sempre com a camisa suja de marrom e as unhas pretas de terra. Era jardineiro. Trabalhava por um prato de almoço, ouvi dizer.
Demorei para entender que um prato de comida não era pagamento por serviço algum. E mais tempo ainda para perce-

ber que quem o "contratava" já sabia disso. Foi preciso crescer um pouco mais para perceber que aquilo era trabalho escravo disfarçado de bondade.

Talvez Zé Luiz nunca tenha percebido isso. Ou pode ser que tenha percebido, mas não se importava. Pode ser também que ele tenha vivido sempre sofrendo por essa condição de vida. Não vou ter esta resposta. Nunca mais ouvi falar dele. Mesmo antes de a padaria fechar suas portas.

Zé Luiz não passou batido pelo bairro do Pinheiro. Quem lá morou certamente vai lembrar. Uns chamavam de doidinho. Alguns tinham até medo. Eu o achava divertidíssimo.

Ele tinha uma característica que todos imitavam. Coçava o olho e o nariz com um movimento forte, com a mesma mão, passando de um lado ao outro do rosto, em movimentos de sobe e desce.

Eu faço a mesma coisa desde criança.

Me disseram que era genético, por conta das mil alergias e agonias que toda a minha família compartilha. Alguns tios até ensaiam essa mesma característica. Meu irmão tem uma versão diferente. Mas eu acho mesmo foi que aprendi com Zé Luiz. Também me chamam de doidinha.

17. mascarada

Joguei handebol durante toda a minha infância e adolescência. Não era lá essas coisas, então fui aos poucos migrando da função de ala — ou ponta, como hoje se denomina — para goleira. Uma menina enorme para a idade em um esporte que normalmente dá destaque para quem é pequeno. Como goleira poderia funcionar melhor. Não era lá essas coisas também como goleira, mas aprendi a viver com a mediocridade.
Aliás, quando se é inquieta e se decide por fazer mil coisas ao mesmo tempo, nenhuma delas é feita com o esmero que merece e a mediocridade vira um padrão.
Me confortei por não ser a melhor em nada. Nem melhor aluna nem melhor atleta. Nem melhor cantora nem melhor escritora. Nem melhor produtora nem melhor funcionária. E por esse caminho minha vida seguiu.
Mas ainda sobre o handebol, apesar de não ser lá essas coisas, sempre fui muito competitiva. Me cobrava muito, me machucava muito — física e psicologicamente.
Ainda na escola, meu avô acompanhava todos os meus jogos. Me levava para o ginásio, assistia, vibrava, torcia, e me levava de volta para casa. Mas não se engane, ele nunca foi um entusiasta da minha carreira de atleta.
Estava lá pela diversão. E como se divertia meu avô.
Participei de muitas competições em uma escola no bairro do Bebedouro. Entrando em uma rua à direita depois da linha do trem, diziam. Era lá. Vários

68   campeonatos. Muitos jovens, arquibancadas semilotadas. E lá estava o meu avô, sempre no primeiro ou segundo degrau, exatamente no meio da quadra, sorridente.

Havia uma estrela no meu time. Era nossa jogadora principal. Rápida, forte, pequena. Nascemos no mesmo dia, compartilhamos diversos aniversários dividindo o posto de atração principal. Mas não nas quadras. Éramos bem diferentes nas quadras. A protagonista era ela. Uma mascarada, meu avô dizia. E eu constrangidíssima com os comentários em voz alta. Para todos ouvirem. Meu avô não tinha papas na língua. Até hoje não tem. Nunca percebeu o peso que suas palavras possuem. Já causou várias confusões simplesmente por ser sincero ao extremo. Parece inocente — ou sem noção.

Nunca tinha parado para perceber a proximidade entre essas duas palavras: inocente e sem noção. O que faz com que alguém seja um ou outro? A consciência do que está fazendo? E quem consegue traduzir o que é consciente ou não em uma atitude? É muito sutil.

Eu sigo achando que meu avô é inocente. Afinal, é meu avô, meu ídolo. Não quero nem enxergar maldade em qualquer comentário fora de hora que ele faça. Se sua interpretação for diferente, estamos em discordância.

Pois bem. Essa menina é uma mascarada, ele dizia. E ele tinha razão. Era a melhor jogadora do time, era a mais marcada. A artilheira, mas fazia cena.

Sim, mascarada para ele queria dizer dissimulada. Ela fazia cena. Caía, gritava, rodava no chão, parava o jogo para ser atendida. Acho que até conhecemos um jogador de futebol da atualidade que também faz isso.

A mãe da nossa melhor jogadora era ex-atleta. Uma mulher forte, grande, brava. Ela também estava sempre nos jogos. Meu avô a conhecia, sentavam juntos. Mas brigavam o jogo

inteiro. Sua filha é mascarada! Sua neta é franga! Ele se divertia. Ela não, ficava emburrada.
Em um desses campeonatos brigaram feio. A nossa melhor jogadora caiu, gritou, chorou, chamou ajuda, saiu com auxílio dos fisioterapeutas da competição. Meu avô não se conteve. Levanta, mascarada. Levanta! Todo jogo é a mesma coisa. Levanta!
A ex-atleta assustada com a filha machucada. Assustada com os gritos daquele senhorzinho que se divertia ao criticar sua filha. Entrou na quadra pulando a grade. Ela havia se machucado de verdade dessa vez. Pode ter rompido um ligamento do joelho. A mãe a escoltou até o carro, com ajuda de um bombeiro, para irem ao hospital. Mas não sem antes parar na frente do meu avô: melhor ser mascarada do que franga. Meu avô sorriu o caminho inteiro de volta para casa e se divertiu recontando a história, já sabendo que o machucado da nossa melhor jogadora não era tão grave assim.
Ele seguiu me acompanhando nos jogos de handebol. Na escola do Bebedouro, nas demais escolas da cidade. Mas nunca mais sentou perto da ex-atleta.
Ele se divertia, ela não.

18. caça-níqueis

Houve um tempo em que havia uma lanchonete em frente à padaria. Eu obviamente não podia ir lá. Era uma lanchonete. Em frente à padaria da minha família. O que eu iria fazer ali? Ao lado da lanchonete havia uma pequena papelaria. Ali eu poderia ir. Passava horas olhando os cadernos, os lápis de cor. Os fichários que naquele tempo eram uma grande moda, mas eu não possuía.
Nunca tive o que era moda. Você não é todo mundo. Era a frase que eu mais escutava da minha mãe. Na época que todos os meus amigos andavam de skate, eu tinha uma bicicleta. Quando ganhei o skate já haviam mudado o hobby para música e todos tinham instrumentos musicais. Eu possuía um violão desde muito nova, mas agora eu queria uma guitarra. Uma guitarra, mãe, todo mundo tem banda. Você não é todo mundo. Ali na papelaria eu era amiga dos vendedores. Nunca comprava nada, mas estava sempre lá analisando a qualidade de todos os materiais escolares para depois dizer à minha mãe tudo o que eu queria, mas não iríamos comprar.
A lanchonete seguia sendo um espaço inabitado por mim e meus familiares. Tínhamos na padaria tudo o que eles tinham na lanchonete. Não precisávamos de nada daquele lugar. Até que chegou um caça-níquel.
Eu nunca tinha visto essas máquinas de jogo. Eram grandes, eu conseguia alcançar porque sempre fui uma criança esticada. Mas era grande esse caça-níquel. Era co-

lorido. Amarelo em quase toda sua cobertura, mas cheio de desenhos e figuras de frutas, animais, estrelas e moedas.

Ela tinha um barulho ótimo. Era uma musiquinha divertida, inocente, agudíssima. Quando puxava a alavanca, parecia um freio de mão de um carro, mas em vez de pausar, ela acelerava. Fazia a grande roda girar. E três pequenas rodas giravam também, cada uma numa frequência diferente. O jogador que deveria fazê-las parar. Uma a uma. Apertando o botão para parar as pequenas rodas. Era o jogador que decidia o objeto que queria. Em qual desenho haveria uma pausa. Eu acreditava veementemente nisso. Achava um jogo fascinante. Claro que eu queria jogar.

As crianças do bairro começaram a aparecer. Eu fingia que ia para a papelaria, mas ficava ali, observando os jogadores e seus jogos. O barulho das moedas a cada trinca de desenhos iguais. As mãos cheias de dinheiro. Eles ficaram ricos, mãe. Uma criança jogou, eu vi. E ficou rica. Deixa eu jogar também? Todo mundo tá jogando. Você não é todo mundo. Mais uma vez.

A lanchonete era em frente à padaria e, naquela época, quase não havia movimento de carros. A rua era pacata, atravessava sem muitos problemas. Eu não tinha dinheiro para jogar. Minha mãe nunca vai me dar dinheiro para jogar. Meu porquinho? Lembrei que guardava moedas em um porquinho. Eu estava juntando para comprar um fichário por conta própria. Pedia aos meus pais para depositar ali qualquer moeda que aparecesse em seus bolsos ao chegar em casa. Meu porquinho! Quebrei o porquinho por baixo, para não deixar vestígios de que eu estava rompendo com um compromisso que criei para mim mesma. Peguei todas as moedas que ali havia. Não eram muitas. Seria o suficiente para três rodadas do joguinho. Aproveitei a saída da minha mãe e lá estava eu. De frente para aquela máquina amarela enorme. Na primeira tentativa,

uma estrela, um lápis, um peixe. Errei todas, que tristeza. Concentrei mais fortemente na segunda vez. Um peixe, um anzol, um peixe. Poxa, por pouco! Poderia haver um prêmio pela relação entre os desenhos, pensei. Mas não há. Minha última tentativa veio acompanhada do dono da lanchonete, que, curioso, veio entender a razão da minha testa franzida e minha língua levemente para fora na lateral da boca.
Um arco-íris, outro arco-íris, mais um arco-íris. Ganhei! Eu não acreditava, mas ganhei. E o barulhinho das moedas caindo chamou a atenção do meu irmão, que veio ver o que estava havendo. Ganhei, irmão! Olha isso. Meu irmão olhou, sorriu. Perguntou quantas moedas eu tinha desperdiçado. Eu expliquei. Ele perguntou se eu ainda jogaria. Eu me animei. Afinal, eu era uma vencedora.
Meu irmão disse, então, para que eu guardasse a mesma quantidade de moedas que eu havia trazido. E tentasse novamente somente com o que eu havia ganhado. Ali recebi a primeira lição sobre finanças. Aos sete anos de idade, do meu irmão um ano e sete meses mais velho.
Joguei todo meu lucro. Não ganhei mais. O dono da lanchonete ficou satisfeito. Eu voltei satisfeita. Com a mesma quantidade de dinheiro que havia saído. Por sorte ou por controle. Ou as duas coisas. Coloquei de volta no porquinho, fechei com durex.
Não comprei meu fichário com aquelas economias. Minha mãe me presenteou com um no início do ano letivo seguinte. Meu porquinho remendado serviu para outras coisas, não vou lembrar o quê. Mas sigo quebrando e remendando meus porquinhos até hoje. Só o caça-níquel que mudou de nome.

19. sou daqui

É muito estranho olhar para o mundo como ele é hoje. Nem faz tanto tempo assim que eu era uma criança e já mudou tanta coisa. Eu me pergunto como os idosos de hoje conseguiram nos alcançar. Entender as tecnologias, as artificialidades, os tijolos e concretos invadindo tudo.
Me orgulho de lembrar que "no meu tempo" a coisa era diferente. Nasci em rua de barro, potes de plástico, bolinhos de arroz, feijão e farinha amassados na mão. Eu sou deste lugar, sou daqui. Não havia tanta restrição, não havia tanto medo. Passávamos o dia inteiro brincando na rua, na casa dos vizinhos. Voltávamos a tempo para todas as refeições. Era o acordo.
Naquele tempo, os muros das casas eram baixos. A privacidade não era mais importante do que a liberdade. Acho que hoje também não é. A liberdade foi tolhida pelo medo. De novo ele, o medo.
Eu não tinha medo naquela época. Passeava de bicicleta até tarde da noite. Sozinha ou acompanhada. Desbravava ruas onde nunca havia entrado. Até em uma grota eu já brinquei. Hoje não dá para sair de casa andando sem olhar para trás o tempo todo. Me pergunto como os idosos de hoje conseguiram nos alcançar. Celular, cerca elétrica, grade nas janelas.
Eu nem usava sapatos. Escalava as árvores do quintal de casa como se fosse simples. Passava bom tempo do dia

ali, observando os vizinhos do alto. Achava que não era vista, mas me desconcertava quando ouvia desce daí, Lili. Me acharam.

Eu não precisava de sapatos, não era quente o chão de barro que fazia poças de lama enormes quando chovia. Eu precisava de vermífugos, isso sim. Sapatos não. Eu sou deste lugar, sou daqui.

Hoje não tem mais rua de barro e nem pé no chão. Hoje ninguém sai de casa descalço para se queimar no asfalto. Os bolinhos de feijão já vêm prontos, ensacados. Ensacados nós também saímos de casa para o trabalho, para a rotina. Voltamos sem saco para nada. Só para as telas.

Me pergunto como os idosos de hoje conseguiram nos alcançar. E se eu conseguirei um dia alcançar minhas sobrinhas.

20. quartinho dos fundos

Na infância no bairro do Pinheiro eu tinha três casas. A dos meus avós paternos, a do meus avós maternos e a minha casa. Sim, eu tinha três casas e não uma. Eu nunca achei que as casas dos meus avós eram só deles e não minhas também. Eu passava mais tempo dividida entre as casas dos meus avós do que na minha própria casa.
Uma coisa que eu notei ainda pequena foi que nas três casas havia um quartinho dos fundos. Como se toda casa precisasse de um quarto longe dos outros quartos. Por quê? Eu me perguntava. Ali dormiam as empregadas domésticas de cada uma das casas. Por quê? Eu me perguntava novamente. Elas não podem dormir nos quartos de dentro? Elas não têm a casa delas?
Na casa dos meus avós paternos eram dois quartinhos, separados pela área de serviço e o banheiro. Dormiam ali a faxineira Maria e a Florinha. Mas por que a Florinha? Ela criou meus tios, meus primos, ela me criou. Cozinhava, limpava, cuidava, amava. Eram tarefas demais para aqueles bracinhos finos e aquele rosto magro.
Eu nunca soube a idade da Florinha. Desde que eu existo ela já existia e ela já era tudo isso que seus bracinhos finos e seu rosto magro faziam. Acho que ela também nunca soube a própria idade. Como alguém passa a vida se dedicando a outras pessoas e não se incomoda nem de saber há quantos

anos existe e quantos mais são possíveis de existir? Eu me perguntava.

Com o passar dos anos eu fui ficando uma criança muito questionadora, uma jovem também. Como adulta eu passei a questionar menos e relevar mais. Uma pena. Mas quando criança, adorava saber o porquê de tudo. Então eu perguntava. Maria, por que vocês dormem no quartinho dos fundos? Florinha, quanto você recebe para trabalhar aqui? Por que vocês não vão pra casa? Vocês têm família? Quem paga o salário de vocês? Maria quis brincar com meus questionamentos. Me respondeu que não ganhavam nada por trabalhar ali. Ela disse sorrindo. Eu não percebi a ironia. Senti raiva, muita raiva. Como meus avós poderiam? Aquelas pessoas trabalhando ali sem ganhar nada?!

Enfrentei a minha avó pela primeira vez. Ela não era fácil. Era exigente, rigorosa. Chata, eu também poderia dizer. Nunca foi uma pessoa carinhosa até a idade efetivamente chegar. Vó, que história é essa que Maria e Florinha não recebem nada para trabalhar aqui? Valente eu fui. Eu sou valente mesmo, até a primeira curva.

Você ficou louca? Claro que elas recebem. Mas a Maria disse... É mentira dela. Maria, venha cá. Eu causei um transtorno imenso. Maria foi para casa naquele dia, não dormiu no quartinho dos fundos. Ela me disse que tinha sido uma brincadeira. Eu não havia entendido assim. Sigo sem entender direito.

Maria voltou no dia seguinte, mas nunca mais conversamos. Ela não queria mais responder às minhas perguntas. Não quis mais conversar comigo. Demorei a entender que alguém havia determinado que assim o fosse. E que Maria fazia o que diziam para ela fazer.

Florinha seguiu doce e magra, meiga e fina. Dormia no quartinho dos fundos sempre. Exceto em um final de semana no mês, quando ia para a casa da filha. Demorei a entender essa relação. Sigo sem entender o quartinho dos fundos.

21. bolacha sete capas e danoninho

Quando a idade começou a bater na porta da minha avó, quando meu avô já não se balançava mais, quando a casa ficou grande para ela, minha avó mudou. Alguma coisa acontece na velhice, eu imagino. Você fica mais solitário e, então, precisa ser mais amoroso para manter as pessoas por perto. Foi assim com a minha avó, foi ficando mais doce a cada nova ruga que lhe aparecia. Como uma banana amadurecendo, cada vez mais doce, antes de apodrecer por completo.

A casa passou a ser grande demais para minha avó e Florinha. Mudaram para um pequeno apartamento também no bairro do Pinheiro. Próximo à padaria, perto do filho mais velho.

Por ironia da vida, depois de viver em uma casa grande e cheia de gente, minha avó passou a ter como única companhia a sua funcionária. Elas eram a companhia uma da outra todos os dias. Claro que os filhos e os netos as visitavam com frequência. Mas todos os dias, era apenas minha avó e Florinha. A idade acompanhou as duas, minha avó mais velha uns poucos anos, imagino. Florinha disposta como se jovem ainda fosse. Cozinhava, limpava, cuidava e amava como de costume. Ainda que suas mãos tomadas de rugas e suas pernas inchadas de veias lhe dissessem que já tinha sido o suficiente.

Eu visitava minha avó e Florinha com certa frequência e sempre levava algum mimo. Aliás, minha avó me ligava e pedia: traga bolacha sete capas, pão francês, queijo e leite. Sim, senhora.

82

Eu levava o que ela pedia da padaria. Mas levava algo a mais. Uma bandeja de chambinho. Aquele danoninho rosa, do pote vermelho, pequenininho. Florinha amava aquele danone.

Flora já está mal acostumada com você trazendo esse danone para ela, minha avó dizia. Eu sorria, olhava para Florinha, piscava o olho. Ela me beijava no rosto com a boca frouxa pela ausência de dentes.

Minha avó sempre gostou de dormir até tarde, na contramão da lenda de que idosos dormem menos. Ela acordava sempre por volta das dez horas da manhã. Às vezes mais cedo, às vezes mais tarde. Mas sempre tarde. Nesse dia, às dez horas da manhã, como de costume, a zeladora foi recolher o lixo no andar da minha avó. Florinha abriu a porta e entregou o lixo, como de costume. Como vai, dona Flora? Tudo bem! E a dona Dirlene? Tá dormindo ainda, como de costume. Está bem, até mais tarde. Até.

Florinha seguiu seus afazeres domésticos, nada fora do comum. Lavou a louça com suas mãos enrugadas, preparou o almoço com seus braços finos. Assistiu televisão no sofá. Cochilou. Não almoçou. Esperou pela minha avó. Era o costume, mais uma vez. Elas almoçavam juntas na mesa todos os dias. Estava com fome, mas não almoçou.

Às 15h, a zeladora retorna para recolher novamente o lixo. Oi, dona Flora. Oi. Obrigada. E dona Dirlene, saiu foi? Não. Ela ainda não acordou. Bati na porta, mas ela ainda está dormindo. O quê? Rapidamente a zeladora entrou no apartamento, bateu na porta do quarto da minha avó. Sem resposta. Tentou abrir a porta. Trancada pelo lado de dentro. Bateu mais forte. Sem resposta.

Morar em um bairro em que todos se conhecem facilita a vida nessas horas. A zeladora conhecia meu pai da padaria. Alguém tinha o telefone dele. Ou ela pegou na agenda de

contatos da minha avó. Seu Dirceu, venha aqui pelo amor de Deus, a dona Dirlene não levantou e não responde.
Eram uns 5 ou 6 quarteirões da padaria até o prédio da minha avó. Meu pai chegou lá em dois minutos. Subiu ofegante. Arrombou a porta do quarto e lá estava minha avó. Deitada. O copo de água que costumava acompanhar suas noites quebrado no chão. O rádio que ela ouvia para pegar no sono ainda ligado. Ela tentava se mover e falar, mas não conseguia. Foi um AVC. Ou foram múltiplos ao longo da noite e do dia sem atendimento.
Florinha se preocupou, mas o medo de incomodar a minha avó fez com que ela simplesmente aguardasse. O medo de incomodar.
Sua inocência era a mesma de quando, ainda jovem, foi morar na casa dos meus avós para ser babá da minha tia mais velha. Sem saber que cuidaria de mais cinco crianças e diversos netos. Sem saber que cuidaria também da casa e da cozinha. E também de seus patrões. Que passaria a viver a vida de outra família que não a sua. Que não teria tempo para sua própria filha. Que ignoraria sua idade. Que sua casa seria um quartinho dos fundos. Que não se lembraria mais da vida que um dia sonhou que poderia ter.
Eram duas companheiras de uma longa jornada que ali se separavam. Minha avó sobreviveu, mas em uma condição de vida que não lhe permitiu mais ser independente. Florinha sobreviveu. E finalmente foi aposentada de seus serviços.

22. acampamento no terreno baldio

Meu primo era destes com novidades. Se lançassem uma bola de futebol de couraça, com costura moderna, acabamento brilhante, lá estaria ele com a bola nova desfilando pelo Pinheiro fazendo embaixadinhas. Sempre foi atleta. Com pequenos períodos de sedentarismo, mas amava todos os esportes possíveis.

Naquele período o que estava em voga eram os acampamentos. Viagens que alguns guias turísticos organizavam para o interior do estado e levavam dezenas de crianças para a experiência.

Veio ele, meu primo, com mochila de acampamento, cantil pendurado, sapatilhas de trilha e uma barraca para duas pessoas adultas, fechada e enrolada em um volume pequeno, como um guarda-chuvas grande.

Ele queria estar pronto e preparado para a viagem, então um de nós sugeriu que testássemos a barraca. Mas tinha de ser uma experiência real e completa, passando a noite nela, em um lugar com terra e galhos e mato e bichos. Meu tio deu a ideia de ser no campinho de futebol que eles tinham no quintal de casa. Mas seria muito artificial. A gente queria uma aventura. E se for no terreno baldio que fica em frente à casa dos seus tios? Disse minha mãe. Que invenção! Refutou meu pai. A gente amou a ideia. Eu menos, por ser a mais medrosa. Meu tio, assentindo sempre aos pedidos de meu primo, não apenas acatou

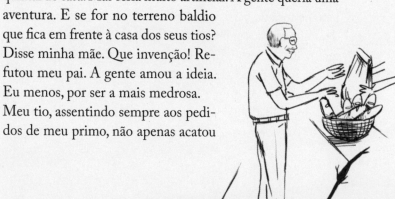

a sugestão do terreno baldio, como mandou limpar o espaço, que estava com matagal volumoso e alto. Ficou perfeito! Ainda com uma pequena floresta nos fundos, mas com espaço de sobra para a montagem do acampamento.

Preparamos tudo. Lanterna, garrafas d'água, frutas, chocolate, travesseiro e lençol. As roupas eram confortáveis. O tênis era o mais surrado do colégio.

A aventura começou no final da tarde, não dava para se instalar apenas à noite. Meu pai e meu tio ajudaram na montagem da barraca. Eu e meu irmão juntamos galhos e pedras para montar uma pequena fogueira. Meu primo passou horas insistentemente tentando acendê-la batendo duas pedras uma contra a outra, como ele havia visto na televisão. Não deu certo. Meu pai tirou um isqueiro do bolso e acendeu umas folhas secas para fazer o fogo.

Já era início da noite quando eu estava comendo meus chocolates dentro da barraca, depois de demarcar os lugares das dormidas. Fizemos caber quatro crianças dentro da barraca de dois adultos. Os meninos entraram com os pés sujos, as mãos pretas de terra e cinzas do fogo. Meu primo contando histórias de terror com a lanterna acesa embaixo do rosto. Eu de ouvidos tampados. Me concentrava contando os quadradinhos que ainda sobravam do chocolate ou cantava uma música na cabeça. De novo e de novo. Até as histórias acabarem.

Os meninos decidiram que cada um teria que se aventurar do lado de fora da barraca individualmente. Me deram a tarefa de ir buscar mais galhos para o fogo não apagar. Você vai primeiro. Eu contestei. Era a única menina ali. A mais medrosa. Mas sempre gostei de mostrar que era capaz, especialmente se duvidavam de mim.

Saí com cuidado da barraca. Calcei o tênis que havia deixado do lado de fora. Acendi a lanterna. Eram ruas de barro

batido. O terreno baldio ficava na esquina, a casa dos meus tios em frente. Havia luzes, por óbvio. De todas as casas da vizinhança. Mas a lanterna era parte da aventura.
Reparei que o vigia da casa dos meus tios estava sentado em uma cadeira de plástico, olhando em direção à nossa barraca. Meu tio havia pedido que ele ficasse a noite toda atento a nós, garantindo sua noite de sono tranquila. Penso se é possível ainda, nos dias atuais, que quatro crianças durmam em uma barraca na porta de casa. Talvez sim. Mas não mais no Pinheiro. Na minha aventura fora da barraca, tive que ir até o matagal mais alto do terreno para encontrar galhos novos para a fogueira. Devagarzinho eu caminhava, a lanterna passeando entre meus pés e o escuro distante.
O coração acelerado mostrava que aquilo ali, pra mim, era um grande desafio. Peguei os gravetos que encontrei pouco antes do matagal aumentar. Mas ouvi um barulho, vi um arbusto se mover e aí paralisei por alguns instantes. Até soltar um grito agudo e sair correndo em direção a casa dos meus tios. Uma cobra, uma cobra! Não parei por nada. Uma cobra, uma cobra. Chorando e gritando.
Entrei na casa dos meus tios e acordei todo mundo. Meu irmão e meus primos entraram gargalhando. Não sei se fui pega numa peça, não sei se eles estavam apenas se divertindo com minha agonia. Nem sei se vi uma cobra. Mas o trauma desse animal carrego comigo até hoje.
Os meninos voltaram ao acampamento no terreno baldio. Para eles o teste foi bem-sucedido. Para mim, não. E meu pai nunca me deixou acampar de verdade.

23. água no feijão

Para casas enormes que existiam no Pinheiro, havia famílias enormes que as habitavam. Em uma dessas casas, uma família enorme de pessoas enormes — quase todas. Eram pelo menos 10 pessoas morando ali. Entre pais, filhos, avós, funcionários, tios, primos, cachorros, a casa vivia cheia. Essa família, bons clientes do meu pai, consumia uma enormidade de pães todos os dias. Família enorme. Pessoas enormes — quase todas. Uma enormidade de pães. Meu pai amava.
Eram cinco crianças. Aliás, dois adolescentes e três crianças. Eles passavam o dia naquela casa de portas e janelas largas na companhia dos funcionários e de dois grandes cachorros. Além das visitas de sempre: avós, tios, primos. Mantendo-se o padrão de casa cheia.
Certa vez um dos adolescentes, o mais velho, resolveu que seria divertido amarrar os dois grandes cachorros da casa ao velocípede de sua irmã mais nova e sair para passear sentado nele enquanto seu irmão do meio guiava os animais.
O passeio não durou muito. Os cães avistaram um pequeno gato na calçada vizinha e saíram em disparada. O irmão do meio não conseguiu segurá-los, tampouco acompanhou aquele ritmo de corrida. O irmão mais velho se segurava da forma que podia no velocípede que quicava em cada paralelepípedo da rua. Da forma que podia. Até não poder mais.
Chegando na porta do balé que ficava na esquina, o velocípede virou.

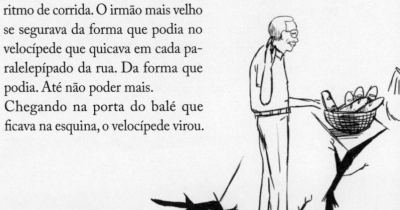

90

Ele foi lançado de lado e as pedras no chão não lhe foram favoráveis. Um corte imenso no joelho e muitos arranhões por todo o corpo.

O irmão do meio o alcançou e os dois voltaram para casa com muita dificuldade. A casa de portas e janelas largas facilitava a passagem de um enfermo, carregado por seu irmão. Um corte imenso. Uma toalha para estancar o sangue que corria em alta velocidade. Rápido como o irmão mais velho no velocípede. Ele se deitou na cama para aliviar as dores. Não durou muito. Gritos de fogo ecoavam nos ambientes. Naquela casa sempre cheia, o barulho era algo constante. Mas "fogo" não era tão comum de se ouvir. A irmã mais velha desesperada dizia que a cozinha estava pegando fogo.

Cinco crianças e dois funcionários. Aliás, dois adolescentes, três crianças e dois funcionários. E uma casa pegando fogo. Vamos pular a janela? Alguém sugeriu. Já que a cozinha era no caminho entre o quarto e a saída e as janelas largas eram ótimas para isso.

E o enfermo? Vamos ajudá-lo primeiro. Não empurra. Cuidado com o joelho dele. Segura a toalha. Vai, pula! Tá doendo. Vai logo, menino, é fogo.

Pularam todos — atravessaram a janela que de tão grande chegava a apenas 50cm do chão. Todos na grama do jardim. Ofegantes para sair de casa. Ajudando o enfermo. Cadê o fogo? Também não estou vendo nada. Eu vou lá ver. Eu também.

A funcionária volta sorridente. A irmã mais velha desconcertada. Foi só uma panela de feijão que queimou.

O enfermo. As crianças. Os funcionários. As portas e as janelas largas. Os cachorros. Os possíveis visitantes. Uma enormidade de coisas. Ficou pequena a panela de feijão.

24. baratinhas

Dizem que andar de bicicleta não se desaprende. Eu com meus 36 anos tenho certeza de que isso não é verdade. Não sei mais. E já tentei bastante.
No tempo em que eu sabia andar de bicicleta, não apenas passeava tranquilamente entre os carros — que não eram tantos quanto hoje, é verdade —, mas também pulava buracos, subia em calçadas, andava na beira do meio fio. Era valente. Até a primeira curva.
Em frente ao Caldinho do Vieira havia um lava-jato, que por acaso também pertencia à minha família. Era o Cascão. O lava-jato mais requisitado da redondeza, gerido por meu tio-avô. Um homem impaciente, bruto, mas que escondia um sorriso enorme debaixo de um bigode robusto.
Vez ou outra eu e meus amigos aparecíamos por lá para trocar o pneu furado da bicicleta. Agora não, Lívia. Tem muito carro pra lavar. Tá todo mundo ocupado, não tá vendo? Mas, tio, o pneu está murcho. É só encher desta vez. Eu mesma posso fazer isso.
Ele assentiu sem nem me olhar, com uma mão balançando me mandando embora.
Lá fomos eu e as baratinhas desvendar a máquina de encher pneus do lava-jato. As baratinhas eram duas irmãs que moravam perto da casa dos meus avós. A mais nova, maloqueira e esperta, uns dois anos a menos que eu. A mais velha, da minha idade, estudiosa e

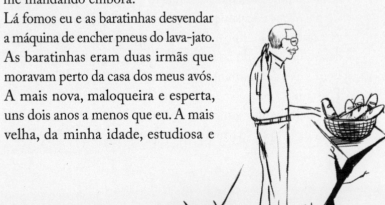

tímida. Passeávamos juntas pelos bairros próximos de casa, sem medo, durante horas e horas.

Elas ganharam esse apelido antes de nos tornarmos amigas. Jogávamos queimado e vôlei na rua, que ainda era de barro. Em um desses jogos de queimado, a mais nova, para escapar de ser atingida, se agachou e se encolheu com as costas emborcadas, como uma barata e seu casco. Só a pontinha dos pés pra fora. Alguém gritou: "Eita, parece uma baratinha". Todos riram. E assim o bullying se criou. Muito antes de sabermos o que era bullying.

Como as duas eram parecidas, o apelido servia para ambas. A mais velha detestava, me pedia por favor que eu não replicasse. A mais nova nem ligava. Sorria quando lhe chamavam. Vem cá, baratinha.

Eu não replicava, ao menos não na frente delas. Minha mãe perguntava para onde eu ia. Era sempre mais fácil dizer "na casa das baratinhas". Todo mundo as conhecia assim.

A baratinha mais nova, valente e ousada como sempre, pegou o cabo da máquina de ar do lava-jato para encher o pneu da minha bicicleta, enquanto eu comandava a quantidade de ar que sairia dali. A baratinha mais velha só observava e opinava. Tem que encaixar direito. O ar não está entrando. Você rosqueou o cabo no pito? Não tá enchendo, gente. Sai!

E a baratinha mais velha assumiu o controle do cabo. Encaixou no pneu, que enchia rapidamente. Tá vendo? Pronto, é assim.

A baratinha mais nova, serelepe, pegou uma mangueira que estava no canto do lava-jato. Abriu a água e disse apertando bem a ponta da mangueira na nossa direção: "Tá vendo? É assim!".

Um belo banho ganhamos, eu e a baratinha mais velha. Para a diversão da mais nova. Ficamos ensopadas. E até

tentamos correr atrás dela, mas ela largou a mangueira e saiu voando, com as asinhas enormes que ficavam escondidas no seu casco.
Uma molhadeira no lava-jato. Que eu não vi problema, já que ali é o lugar para se jogar água em coisas mesmo. Não fosse um carro que já estava limpo. Seco e encerado. Brilhante. E que também foi vítima do aguaceiro da baratinha mais nova.
Não encontrei mais o sorriso do meu tio. Só via o bigode e a goela dele se abrir.
Ficamos sem lugar para encher o pneu da bicicleta.
Na furada seguinte, desisti de pedalar.

25. bolo solado

Quando há muito vento, o primeiro pensamento é de que as velas vão se apagar. Fogo nenhum aguenta essa ventania, minha avó dizia, ainda sem saber que o vento ajudava o pavio a queimar.

Assim como o fogo e o vento, foi-se o meu Pinheiro. Um pavio queimando em descontrole total.

A cratera que um dia acharam que ia se abrir foi sendo fechada. Escondida. Silenciosamente apagada, como as memórias dos que ali habitavam.

As casas abandonadas foram demolidas. Uma a uma. A padaria veio ao chão. Virou terra batida, como um dia foi, antes de ser construída 40 anos atrás.

Prédios inteiros abaixo. Blocos de histórias virando blocos de tijolos quebrados e areia suja. Pracinhas, campos de futebol, igrejas. Um bairro sem esquinas. Descampado. Empoeirado. E o pó varrido para debaixo da própria terra.

Estão fechando as minas agora. Eles chamam de mina. Entendem que o que encontram lá embaixo vale mais do que o que se constrói aqui em cima. E estão fechando somente agora. Agora.

Fico pensando se o resto desses imóveis demolidos serviram de conteúdo para o fechamento dos buracos. Como se decidissem fechar a cova com os bens materiais do falecido. Dos falecidos. E quem não quiser largar a casa pode ser enterrado junto.

96 Vivo mesmo. Tanto faz.

Mas aqui eu nem estou falando de morte. Estou falando de vida.

De vidas. Sessenta mil. Cem mil. Duzentas mil.

Insignificantes.

Como uma vela sem parafina. Como um quarto sem porta. Como um sono sem sonho. Como um casaco no calor. Como uma lanterna ao meio dia.

Insignificantes. Como um bolo solado.

Estive testando a receita de um bolo recentemente. São vários os ingredientes: Vidas. Casas. Comércios. Histórias. Números. Indenizações injustas. Avaliações unilaterais. Dinheiro. Licenças. Ministério Público. Demolições. Acordos. Milhões. Uma pitada de política. Junta tudo numa forma grande e mistura bem. Não tem proporção. É na medida do que você considera correto. E pronto.

Até achei que poderia ficar bom. Mas faltou incluir um componente nessa receita. Para ficar gostoso. Para ficar bom para todo mundo que provasse. Faltou incluir a justiça.

Ficou repugnante. Asqueroso.

Ficou solado.

26. sobre atrasos e bodes

Eu me acostumei a ser esquecida. Mas não se engane. Não há nenhum drama contido nessa frase.
Outrora meu pai era jovem, ocupado, esquecido. E segue assim hoje, mas não mais tão jovem.
Eu e meu irmão éramos esquecidos em todos os compromissos onde ele tinha que nos buscar. Não era sempre. Meu avô exercia esse papel de motorista dos netos. Que ele amava, por sinal. Mas quando era a vez do meu pai, já sabíamos.
Na escola. Os últimos a irem embora. Depois de várias ligações para a padaria. Uma vez na semana na natação. Meu irmão aproveitava para ficar mais tempo na piscina. Eu chorava com as pontas dos dedos enrugadas.
No handebol, por vezes eu achava melhor pegar uma carona do que ficar sozinha com o segurança do ginásio esperando meu pai. Meu irmão, no basquete, preferia ir andando para casa numa caminhada de uma hora de duração a ouvir reclamação da treinadora que teve que ficar com ele.
Havia também os inúmeros outros compromissos do meu pai. Nunca era uma viagem direto de volta para casa. Eram muitas escalas. No mercado da produção. No posto de gasolina. No supermercado. Na contadora. E assim nossas idas para casa se transformavam em horas dentro do carro.
A gente brincava de muitas coisas nessa espera.
Às vezes contávamos quantas pessoas passavam de cada lado do carro. Meu

irmão sempre do lado do passageiro, na frente. E eu sempre do lado do motorista, atrás. Ganhava quem estivesse do lado que passasse mais gente.

Também brincávamos de adedonha. Com os cadernos da escola sendo gastos com nomes de pessoas, de frutas, de lugares, de animais e de carros.

O tempo passava mais rápido assim.

Em uma dessas viagens, depois de esperar o atraso de uma hora na natação, meu pai resolveu parar na contadora. Ali na rua da Adefal, a Associação de Deficientes Físicos de Alagoas. Naquele tempo chamavam assim. Não sei se mudou.

Já estávamos acostumados com aquela rua e aquele local de espera. Mas nesse dia foi diferente.

Havia um bode amarrado em um pequeno canteiro de plantas. Exatamente onde meu pai estacionou. O bode do lado do passageiro. Meu pai, acelerado, nem observou. A gente viu. E sentiu também.

Minutos depois do meu pai ter descido do carro, o bode passou a dar cabeçadas no parachoque do carro. Assim mesmo. Sem nenhuma razão aparente. Meu irmão se mexeu com a primeira batida. Me olhou sem entender o que estava acontecendo. Eu de olhos arregalados. Mais esbugalhados do que de costume.

O que foi isso? PEI. Oxe, não sei. PEI. É um bode. PEI. PEI. PEI. Ele está batendo no carro. PEI. Não demorou para eu abrir o berreiro. Imaginando o bode entrando no carro e chifrando nós dois. Cadê o painho? Chama o painho! E mais choro.

Meu irmão sorria. Ele estava com medo, mas achou engraçado. A cada pancada o carro sacudia mais. Meu Deus o bode está estragando o carro todo. Eu chorando. Meu irmão sorrindo. O bode dando cabeçadas. Ou chifradas.

Bode tem chifre?

Aquilo tudo me pareceu durar uma eternidade. Mas na verdade durou apenas alguns minutos. O dono do bode saiu da Adefal correndo. Alguém o avisou. Pegou o bode e foi embora. Nem percebeu que estávamos no carro.

Meia hora depois meu pai chegou e viu o estrago feito no parachoque. Rapaz! O que foi isso? Meu irmão contou que foi um bode. Eu voltei a chorar concordando. Chorava porque lembrava daquela cena terrível. A minha quase morte por culpa de um bode — aqui sim contém drama. Foi um bode preto, pai. Grande. Não dava para acreditar mesmo. Um bode destruindo o parachoque de um carro.

Naquele tempo acontecia. Ainda existia casa e gente e canteiro e planta e associação e criança e parachoque e bode. Hoje não acontece mais.

27. orelhão de fichas

Havia um orelhão em frente à nossa casa. No dia em que instalaram, formou-se uma fila de espera enorme para o uso. Todo mundo tinha telefone em casa naquele tempo. Mas as contas eram altíssimas, especialmente se a ligação fosse interurbana.

Não sei onde compravam as fichas, mas lembro de ter várias numa caixinha que ficava sob a prateleira da saleta — uma sala de televisão e de som minúscula que havia na casa dos meus avós. Acho que meu avô preferia gastar dinheiro comprando fichas e economizar algum valor na conta de telefone.

Eu vivia no orelhão conversando com uma amiga que morava em São Paulo. Ela passava as férias escolares do fim de ano na casa dos seus avós, que eram meus vizinhos de frente. Éramos amigas de férias. O resto do ano vivíamos distantes.

Às vezes eu ligava, às vezes ela ligava. Eles faziam o percurso São Paulo – Maceió e Maceió – São Paulo de carro. Todo ano. A mãe dela tinha fobia de avião. Eram três dias dentro do carro. Todo ano. Combinávamos ligações a cada parada dela na estrada. Foi a primeira vez que ouvi falar em Governador Valadares.

O orelhão tocava noite e dia. O dia todo. Penso hoje que era engraçado sair de casa para atender ao orelhão. Lembro que muitas vezes a ligação

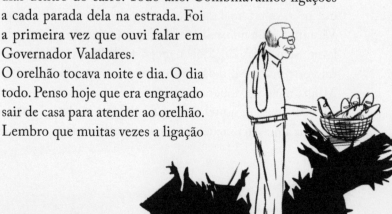

era para alguém que não estava por perto, mas deixava o número de um orelhão de rua como contato. Às vezes também deixavam recado conosco e nós passávamos para os destinatários quando apareciam ali no orelhão novamente. Passei alguns trotes pelo orelhão ligando para números aleatórios. Gastando as fichas que meu avô comprava. Até que recebi uma ameaça. Eu sei quem você é. Eu sei onde você está. Vou aí na sua casa. Desliguei e corri para dentro de casa. Não passei mais trotes. Deus me livre.

Certa noite, por volta das 22h, meu tio chegou aprontando em casa enquanto eu esperava a ligação da minha amiga na porta. Meu tio sempre aprontava. E não era mais jovem. A adolescência permaneceu nele até o fim da sua vida. Uma embriaguez permanente que ele achava divertido e eu achava aterrorizante.

Quando o vi chegando, entrei em casa correndo. Me tranquei no quarto com minha prima. Filha dele. Como eu sempre fazia. Entre os gritos e os barulhos de vidro se quebrando, ouvi o orelhão tocando insistentemente. Perdi a ligação da minha amiga e as histórias da parada em Governador Valadares.

Quando os gritos e as quebradeiras se intensificaram, resolvi sair de casa com minha prima e evitar que ela ouvisse aquilo tudo. Com apenas seis anos de idade. Mais uma vez. Saí de casa levando ela no colo para a casa de uma amiga que morava no final da rua.

Vi minha mãe no orelhão. Mas aquela ligação não era de lazer. Nem todas são. Hoje nem gosto de ligação. Tínhamos telefone em casa, mas minha mãe não queria ser vista. Minha mãe ligava para a polícia.

Meu tio passou aquela noite na delegacia. Não lembro quais eram as acusações, mas não parecia nada grave para

a polícia. Isso já havia acontecido antes. Muitas vezes. Mas não parecia nada grave para a polícia.
Ele voltou para casa aquela noite. Aquela também foi a última noite da minha avó em casa. Em vida. E demorou para cair a minha ficha.

28. de amoras e carambolas

Pés de amora são raros de encontrar. Eu acreditava que isso se dava pela necessidade de um solo específico ou de um clima apropriado para o desenvolvimento da árvore. Nada disso. É difícil de achar porque faz uma sujeira danada.
Imagina aquele roxo que fica impregnado nos dedos impregnado no chão. Pois é. Demora dias para sair das mãos. Fica manchado no chão por uma eternidade.
Descobri isso quando morei na casa dos meus avós.
Era uma casa grande. Cinco quartos, dois cachorros, muita gente, nove janelas e eu. Tinha também Deus. De uma maneira estranha. Formas diversas. Mas tinha Deus.
A casa era de muro baixo e grade preta. O portão folgado que se abria em qualquer direção. E pra qualquer um. Ela era toda cercada por plantas e árvores. Me orgulhava muito a narração das espécies de fruta que tínhamos em casa. Acerola, pitanga, carambola, goiaba, mamão. Um pé de laranja minúsculo em um vaso de pacová. Uma bananeira e uma parreira de uva que não davam certo. Uva e banana lado a lado. No mesmo solo, a mesma quantidade de sol e água todos os dias. A uva era azeda. Incomível. A banana era minúscula, apodrecia antes de crescer direito. E tinha também o pé de amora.
A casa era grande, mas o terreno não. Não tínhamos um grande quintal. Apesar de parecer improvável cultivar esse tanto de frutas em um espaço pequeno.

Havia um filete de terra que formava um U ao redor da casa. Eram ali que se desenvolviam todos esses sabores e aromas.

Meu avô adorava cuidar das árvores frutíferas. Mesmo as que não davam certo ou as que morriam subitamente com as escavações de Preto e Preta, os cachorros.

Minha avó adorava cuidar das flores e plantas. Eram muitas também. Mas eu não entendia nada de plantas. Não decorei os nomes. Lembro apenas do copo-de-leite e da babosa. Essa última objeto de diversas invenções químicas e alimentares. Usei no cabelo, para hidratar. Fiz comidas diversas, mas só para saciar a fome das minhas bonecas.

Por algum tempo não havia vizinhos na lateral direita da casa. Nos divertíamos, eu e meu irmão, atirando com a arma de chumbinho do meu avô na parede do terreno baldio ao lado. Tentávamos acertar as lagartixas, coitadas. Para a sorte delas, nossa mira era péssima. Meu avô estava sempre junto, e se divertia com nossa frustração de não acertar os alvos.

Tempos depois uma construção subiu nesse terreno. E para nossa tristeza, era um prédio enorme. Doze andares de ausência de privacidade. Mas se o problema fosse apenas esse, seria bom. Para começar, a construtora fez um novo muro, colado ao nosso. Um muro ao lado do outro, mas bem mais alto. Nossas nove janelas perderam não apenas a visão sem barreiras, mas também o alcance da luz solar.

Eu tinha dois lugares favoritos nesse quintal em forma de U. A goiabeira e o pé de amora.

A goiabeira era fácil de subir. Com troncos que auxiliavam a subida desde um ponto muito baixo. Os galhos formavam espaços ideais para sentar confortavelmente. Ao menos quando você tem nove, dez anos de idade.

O pé de amora ficava rente ao muro. Este muro do lado direito mesmo. Onde antes havia um terreno baldio. Depois uma obra. Depois outro muro. Eu sentava naquele muro, no nosso muro. E ali ficava por horas. Colhendo e comendo amoras.

A obra virou um prédio. E o prédio passou a abrigar pessoas. Pessoas são chatas. Não todas. Ainda bem. Mas no geral, sim. Pessoas são chatas. E pessoas chatas fazem reclamações.

O segundo muro, construído rente ao pé de amora, atrapalhava sua colheita. Eu não conseguia mais subir ali. O segundo muro, além de muito alto, encostava nos troncos e nos galhos do pé de amora. Eu não cabia mais. Nem meu avô.

Para evitar a perda dos frutos, distribuíamos baldes e bacias e sacolas por toda a parte. Mas eram poucas as amoras que a gente conseguia pegar dessa maneira. Meu avô, sempre inventivo, criou um balde anexado a um cabo de vassoura que nos permitia alcançar pontos mais altos da árvore. Essa tecnologia também não funcionou bem.

Impedidos de colher nossos frutos. Por culpa do prédio vizinho. Uma lástima.

Esses mesmos frutos, quando maduros, caíam do lado de lá daquele enorme muro. E as pessoas são chatas. E pessoas chatas fazem reclamações. E foram muitas.

As amoras no chão do prédio vizinho. Com a garagem inteira em azulejo branco. Me perguntei muitas vezes por que escolheram azulejos brancos para uma garagem que recebe pneus e sapatos sujos de terra e poeira e asfalto. Uma parte da garagem começou a ficar roxa.

108   Tentamos algumas saídas. Nenhuma delas conversando. Não dava. As pessoas são chatas. E pessoas chatas fazem muitas reclamações. Podamos parte do pé de amora. A parte que ficava para fora da casa e dentro da garagem do prédio. Mas pés de amora crescem rápido. E dão muitos frutos. E os frutos amadurecem rápido.

Quase todo mês era necessário podar. Ou viriam as reclamações de gente chata. Até que meu avô cansou. E o pé de amora foi embora de vez. Podado cedo demais. Por inteiro.

Acerola, pitanga, carambola, goiaba, mamão. Um pé de laranja minúsculo em um vaso de pacová. Uma bananeira e uma parreira de uva que não davam certo. E não tinha mais o pé de amora.

Foi a primeira vez que fui impedida de colher meus próprios frutos. Podada cedo demais. Por culpa do outro.

Não imaginava eu que anos depois seríamos impedidos de viver sob o teto de casas construídas com os frutos dos nossos avós. E de colher os frutos do nosso próprio trabalho. Podados cedo demais.

Por culpa dos outros.

29. mãe de leite

Em 40 anos de história no Pinheiro, a padaria já abraçou um mundaréu de coisas — e de gente. Em cima da padaria havia um espaço que já foi casa, já foi escritório, já foi depósito. Já foi floricultura para minha mãe. Já foi lanchonete gerida pela minha irmã. Já foi abrigo para os animais que minha madrasta encontrava pelas ruas.

Enquanto casa, esse espaço abrigava tranquilamente quatro pessoas. Sendo escritório, havia sala de reunião, sala do computador, banheiro e copa. Como depósito eram inúmeros compartimentos divididos de acordo com o tipo do produto que se pretendia estocar.

Quando minha mãe o transformou em uma floricultura, os quartos foram isolados, a laje dos fundos virou o estoque de flores, a sala abrigava os arranjos e a cozinha servia de espaço para a montagem dos buquês.

Minha irmã, empreendedora desde criança, montou também ali um espaço de shake e lanches naturais. Abriu uma janela da cozinha para a sala, espalhou puffs e cadeiras e havia até um espaço externo com mesinhas na varanda.

Era um grande problema quando passava um cachorro dócil pela padaria. Minha madrasta sempre querendo

ajudar, alimentar, levar para casa. Assim o fez, ao menos duas vezes, com Clotilde e Sansão. Dois cachorros que hospedou no andar de cima da padaria e que permanecem até os dias atuais como integrantes da família.

Moramos lá por um tempo. No andar de cima da padaria. Quando aquele espaço ainda não tinha sido nada além de uma casa. Eu me mudei ainda na barriga da minha mãe. Meu irmão com um ano de idade. Meus pais jovens demais para terem dois filhos.

Era cômodo para os dois, com um bebê e uma criança por vir, morar em cima do trabalho. Minha mãe trabalhava no caixa, sempre ouvindo os clássicos comentários: "Que enorme sua barriga", "Essa criança vai sair pela sua boca", "Tem uma meninona aí, hein?". Quando cansava, subia e estava em casa. Mas não havia muito descanso com uma criança extremamente ativa e arteira como meu irmão sempre foi.

O dia em que eu nasci foi um dia de susto. Meu irmão caiu do berço. Ou melhor, o berço dobrável se desmontou com ele dentro. Um susto. Tarde da noite. Uma choradeira e uma gritaria. Minha mãe nervosa, com sete meses de gestação.

A bolsa estourou. Ali em cima da padaria mesmo. Onde ainda havia uma casa. No coração do Pinheiro. Correria sem fim. Estava muito cedo para eu nascer. Mas deveria haver uma razão para ser tão cedo.

Meus pais correram para o hospital. Ninguém estava preparado. Nem a obstetra nem o pediatra estavam na cidade. Estava muito cedo para eu nascer, afinal. Mas imprevistos acontecem. Eu estava ansiosa para nascer. E segui ansiosa para viver. Ainda sigo. Quase nasci em casa. Quase nasci no carro. Mas para acalmar os ânimos esperei até o hospital. Nem no centro cirúrgico minha mãe conseguiu chegar. Nasci ali no quarto mesmo, de uma vez. Esparramada.

Meu irmão caiu do berço. Estava bem. Mas minha mãe se preocupou. Eu acho que me preocupei também e resolvi nascer logo para tentar ajudar. Ansiosa. Sete meses. Alguns longos dias de incubadora. Mas deu tudo certo. Era para ser naquele dia, daquela maneira. Antecipada e ansiosa. Canceriana também.
Meu irmão havia desmamado há pouco. E minha mãe começaria tudo de novo comigo, dois meses antes do previsto. Não havia qualquer problema com o leite. Ao contrário. Havia leite demais. Tanto leite que jorrava. Esguichava dos seios da minha mãe sem muito esforço. Estava muito cedo para eu nascer. Mas deveria haver uma razão para ser tão cedo.
E foi assim que eu ganhei diversos irmãos do Pinheiro. E minha mãe virou mãe de leite de diversos filhos do Pinheiro. Ela doava o leite que jorrava. Esguichava. Todos os dias. Ali perto, na maternidade Frei Fabiano, na esquina seguinte da padaria. Um desses filhos do Pinheiro foi salvo pelo leite da minha mãe. Todos os dias. De manhã e de tarde. Ela se deslocava de casa até a maternidade para amamentá-lo. Para além da doação

112 do leite ordenhado. Ela o amamentava diretamente. Penso se existe uma forma mais pura de amor ao próximo do que essa. Dispor de seu corpo, do leite que amamenta seu filho. Para alguém que nem conhece. Havia uma razão para eu nascer tão cedo.

Cresci com diversos irmãos no Pinheiro. Alguns nem sabiam que haviam bebido do leite da minha mãe. E nem eu. Mas desse que foi salvo sabíamos. Sabíamos quem era e como estava saudável. Sabíamos quem era sua mãe e como estava grata e feliz pelo filho em vida.

Mas aí veio o tremor. E a fenda da lagoa. Veio a rachadura na casa desse filho do Pinheiro. E também na casa da sua mãe de verdade. E veio a rachadura na casa da mãe de leite. E veio a ansiedade. A agonia. Veio a depressão.

Minha mãe não pode mais dispor do corpo dela por esse filho do Pinheiro. E nem a mãe dele pode. Ninguém pode.

E por debaixo das cavernas de sal-gema. Por dentro das novas veias da lagoa Mundaú. Perdi um irmão. Minha mãe perdeu um filho de leite. A mãe dele perdeu um filho de verdade. E perdemos todos nós. Seguimos perdendo.

30. não teve mais nada

No meu tempo no Pinheiro, vivi coisas ordinárias e extraordinárias. Ou ao menos me pareceram extraordinárias naquele momento.
Lembro do bolo de tapioca que meu pai fazia na padaria todo São João junto com uma barraca de taipa que ele mesmo levantava no mês de junho. Lembro de dezembro e a exposição de tortas que se espalhava por todos os balcões.
Lembro do meu nariz sangrando sempre que eu corria muito brincando de esconde-esconde com meus primos e meu irmão. Era culpa da bronquite que irritava minhas vias respiratórias. A cabeça pra cima com um algodão e algum familiar médico sempre cuidando.

114   Me recordo que em um dos dias mais marcantes da história eu estava na padaria. Acompanhei ao vivo o segundo avião colidir com o prédio mais alto do mundo, até aquela data, numa pequena TV que ficava em um suporte alto da área da lanchonete.

Lembro de ver o sorriso da minha avó no espelho do balé e de ver Titanic em três fitas VHS junto com meu avô. Fiz aulas de direção nas ruas do Pinheiro e fiz aulas para a OAB em um cursinho em frente à igreja. Fiz amigos na rua de trás e fiz as unhas no salão da esquina.

Teve jogo de queimado, teve noites sem dormir, teve assalto à mão armada e teve missa logo depois. Teve casa, teve trabalho, teve família, teve dor, teve amor, teve verdade, teve esforço.

E teve ganância.

Depois disso, não teve mais nada.

CARA LEITORA, CARO LEITOR

A **Cachalote** é um selo do grupo editorial **Aboio** criado em parceria com a **Lavoura Editorial**.

Lemos, selecionamos e editamos com muito cuidado e carinho cada um dos livros do nosso catálogo, buscando respeitar e favorecer o trabalho dos autores, de um lado, e entregar a vocês, leitores, uma experiência literária instigante.

Nada disso, portanto, faria sentido sem a confiança que os leitores depositam no nosso trabalho. E é por isso que convidamos vocês a fazerem cada vez mais parte do nosso oceano!

Todas as apoiadoras e apoiadores das pré-vendas da **Cachalote:**

— têm o nome impresso nos agradecimentos dos livros;
— recebem 10% de desconto para a próxima compra de qualquer título do grupo Aboio.

Conheçam nossos livros e autores pelos portais **cachalote.net** e **aboio.com.br** e siga nossos perfis nas redes sociais. Teremos prazer em dividir com vocês todos nossos projetos e novidades e, é claro, ouvir suas impressões para sempre aprendermos como melhorar!

Embarque e nade com a gente.

Cada livro é um mergulho que precisa emergir.

AGRADECIMENTOS

Agradecemos às **187 pessoas** que apoiaram nossa pré-venda e confiaram no trabalho feito pela equipe da **Cachalote**. Sem vocês, este livro não seria o mesmo.

A todos os que escolheram mergulhar com a gente em busca de vozes diversas da literatura brasileira contemporânea, nosso abraço.

E um convite: continuem acompanhando a **Cachalote** e conheçam nosso catálogo!

Adriana Nunes
Adriane Figueira Batista
Alexander Hochiminh
Allan Gomes de Lorena
Ana Karina Paiva
Ana Paula Tenorio
André Balbo
André Costa Lucena
André Pimenta Mota
Andreas Chamorro
Andressa Anderson
Anthony Almeida
Antonio Pokrywiecki
Arthur Lungov
Bartolomeu Rodrigues
Bianca Monteiro Garcia
Caco Ishak
Caio Balaio
Caio Girão

Calebe Guerra
Camilo Gomide
Carla Guerson
Carolina Buarque
Carolina Cavalcanti
Carolina Sanilsa
Cecília Garcia
Cecília Tenório
Cezarina Iara Beltrao
Cintia Brasileiro
Claudia Pedroza
claudine delgado
Cleber da Silva Luz
Cora Rocha
Cristina Machado
Daniel Dago
Daniel Dourado
Daniel Giotti
Daniel Guinezi

Daniel Leite
Daniela Rosolen
Danielle Nigromonte
Danilo Brandao
Dayane Alexandre Correia
Del Cavalcanti
Denise Lucena Cavalcante
Dheyne de Souza
Diogo Mizael
Dirceu Buarque
Dulceana Palmeira de Sa
Eduardo Henrique Valmobida
Eduardo Rosal
Élia Gomes
Enzo Vignone
Eveline Leite
Fabiane Alves Celestino
Fábio José da Silva Franco
Febraro de Oliveira
Fernanda Mendonça
Flávia Braz
Flávio Ilha
Francesca Cricelli
Franciny Tenório
Frederico da Cruz V. de Souza
Gabo dos livros
Gabriel Abdala
Gabriel Cruz Lima
Gabriel Stroka Ceballos
Gabriela Machado Scafuri
Gael Rodrigues

Giselle Bohn
Guilherme Belopede
Guilherme da Silva Braga
Gustavo Bechtold
Heloisa Simão
Henrique Emanuel
Henrique Lederman Barreto
Jacy Quintella
Jadson Rocha
Jailton Moreira
Jaqueline Magalhaes
Jefferson Dias
Jessica Afonso
Jéssica Bastos
Jessica Ziegler de Andrade
Jheferson Rodrigues Neves
João Luís Nogueira
Julia Braga Vaz
Júlia Córdova
Júlia Gamarano
Júlia Normande Lins
Júlia Vita
Juliana Costa Cunha
Juliana Munhoz Grangieri
Juliana Slatiner
Júlio César Bernardes Santos
Karen Pimentel
Laís Araruna de Aquino
Lara Tenório
Larissa Mendes
Larissa Sandes

Laura Redfern Navarro
Leandro Neves
Leitor Albino
Leonardo Pinto Silva
Leonardo Zeine
Liara C. C. Rocha
Lílian Arruda
Lolita Beretta
Lorenzo Cavalcante
Luã Carlos de Oliveira
Luana Bandeira
Lucas Ferreira
Lucas Lazzaretti
Lucas Verzola
Luciana Adão
Luciana Tenório
Luciano Cavalcante Filho
Luciano Dutra
Luis Felipe Abreu
Luisa Acioli
Luísa Machado
Luiza Leal da Cunha
Manoela Machado Scafuri
Marcela Roldão
Marcella Matarazzo
Marcelle Limeira
Marco Bardelli
Marcos Vinícius Almeida
Marcos V. Prado de Góes
maria clara de mello
Maria F. V.de Almeida

Maria Frota Porto Queiroz
Mariana Donner
Mariana Figueiredo Pereira
Mariana Freitas
Marina Fernandez
Marina Lourenço
Mateus Magalhães
Mateus Torres Naves
Matheus Picanço Nunes
Matheus Sandes
Mauro Paz
Mayra Tenório
Milena Martins Moura
Minska
Muriel Volz
Natalia Timerman
Natália Zuccala
Natan Schäfer
Nayanna Luísa
Noemi Arroxellas
Otto Leopoldo Winck
Pablo Pires
Patrícia Albernaz
Paula Maria
Paulo Sah
Paulo Scott
Pedro Torreão
Pietro Portugal
Rafael Dias
Rafael Mussolini Silvestre
Renata Pegorer Costa

Ricardo Kaate Lima
Rodrigo B. de Menezes
Rodrigo Marinho
Ronaldo Tenório
Rosana Simão
Samara Belchior da Silva
Sergio Mello
Sérgio Porto
Sheila Duarte
Simone Magalhães
Taís Bentes Normande
Thais Fernanda de Lorena
Thaís Gonzalez
Thassio Gonçalves Ferreira
Thayná Facó
Thiago Araujo
Thiago Piccoli
Thiara Luz
Tiago Moralles
Valdir Marte
Vanessa Amaral
Weslley Silva Ferreira
Yves Bastos
Yvonne Miller
ZéL *

EDIÇÃO Marcela Roldão

EDITOR-CHEFE André Balbo

PUBLISHER Leopoldo Cavalcante

ASSISTÊNCIA EDITORIAL Nelson Nepomuceno

REVISÃO Veneranda Fresconi

DIREÇÃO DE ARTE Luísa Machado

COMUNICAÇÃO Thayná Facó

PROJETO GRÁFICO Leopoldo Cavalcante

CAPA Matheus Sandes

ILUSTRAÇÃO Maurício Nunes

FOTO DE CAPA E GUARDA DA CONTRACAPA Robson Barbosa

FOTO DA AUTORA Livia Mariah

© Cachalote, 2024

A fenda da lagoa © Lili Buarque, 2024

Grafia atualizada segundo o Acordo Ortográfico da Língua Portuguesa de 1990, que entrou em vigor no Brasil em 2009.

Dados Internacionais de Catalogação na Publicação (CIP)
Eliane de Freitas Leite — Bibliotecária — CRB — 8/8415

Buarque, Lili
  A fenda da lagoa / Lili Buarque ; ilustração Maurício Nunes. -- São Paulo: Cachalote, 2024.

  ISBN 978-65-83003-16-4

  1. Crônicas brasileiras 2. Meio ambiente I. Nunes, Maurício. II. Título

24-211845   CDD-B869.8

Índices para catálogo sistemático:
1. Crônicas : Literatura brasileira

[2024]

Todos os direitos desta edição reservados à:
ABOIO EDITORA LTDA
São Paulo — SP
(11) 91580-3133
www.aboio.com.br
instagram.com/aboioeditora/
facebook.com/aboioeditora/

[Primeira edição, junho de 2024]

Esta obra foi composta em Adobe Caslon Pro.
O miolo está no papel Pólen® Natural 80g/m².
A tiragem desta edição foi de 1000 exemplares.
Impressão pelas Gráficas Loyola (SP/SP)

A marca FSC® é a garantia de que a madeira utilizada na fabricação do papel deste livro provém de florestas que foram gerenciadas de maneira ambientalmente correta, socialmente justa e economicamente viável, além de outras fontes de origem controlada.